HEYNE BÜCHER

SCIENCE FICTION

Herausgegeben
von Wolfgang Jeschke

STAR TREK – STARFLEET KADETTEN

Band 1:
John Vornholt
Generationen · 0606501
(Der Roman zum Film ›Treffen der Generationen‹)

Band 2:
Peter David
Worfs erstes Abenteuer · 0606502

Band 3:
Peter David
Mission auf Dantar · 0606503

Band 4:
Peter David
Überleben · 0606504

Band 5:
Brad Strickland
Das Sternengespenst · 0606505 (in Vorb.)

Band 6:
Brad Strickland
In den Wüsten von Bajor · 0606506 (in Vorb.)

Band 7:
John Peel
Freiheitskämpfer · 0606507 (in Vorb.)

Band 8:
Mel Gilden & Ted Pedersen
Das Schoßtierchen · 0606508 (in Vorb.)

Band 9:
John Vornholt
Erobert die Flagge! · 0606509 (in Vorb.)

Band 10:
V. E. Mitchell
Die Atlantis Station · 0606510 (in Vorb.)

Band 11:
Michael Jan Friedman
Die verschwundene Besatzung · 0606511 (in Vorb.)

Ein Verzeichnis weiterer in der Reihe
HEYNE SCIENCE FICTION & FANTASY
erschienenen STAR TREK-Romane finden Sie am Schluß des Bandes.

PETER DAVID

ÜBERLEBEN

Star Trek®
Starfleet Kadetten
Band 4

Deutsche Erstausgabe

WILHELM HEYNE VERLAG
MÜNCHEN

HEYNE SCIENCE FICTION & FANTASY
Band 06/6504

Titel der amerikanischen Originalausgabe
STAR FLEET ACADEMY # 3
SURVIVAL
Übersetzung aus dem Amerikanischen von
UWE ANTON

Redaktion: Rainer Michael Rahn

Die Erstausgabe erschien bei Pocket Books,
a division of Simon & Schuster Inc., New York

Umschlagbild: Catherine Huerta
Innenillustrationen: James Fry
Umschlaggestaltung: Atelier Ingrid Schütz, München
Technische Betreuung: M. Spinola
Satz: Schaber Satz- und Datentechnik, Wels
Druck und Bindung: Ebner Ulm

ISBN 3-453-09053-5

Für
Shana und Jenny, meine neuesten Leser;
Ariel, einen zukünftigen Leser;
und Rosie, weil sie alle im Auge behält.

STARFLEET-ZEITTAFEL

2264 Beginn der Fünfjahresmission der *USS Enterprise NCC-1701* unter Captain Kirk.

2292 Die Allianz zwischen dem Klingonischen Imperium und dem Romulanischen Reich zerbricht.

2293 Colonel Worf, Großvater von Worf Rozhenko, verteidigt Captain Kirk und Doktor McCoy bei ihrem Prozeß wegen Mordes am klingonischen Kanzler Gorkon.
Friedenskonferenz zwischen dem Klingonischen Imperium und der Föderation auf Khitomer [Star Trek VI].

2323 Jean-Luc Picard beginnt die vierjährige Ausbildung an der Starfleet-Akademie.

2328 Das Cardassianische Imperium annektiert Bajor.

2341 Data beginnt die Ausbildung an der Starfleet-Akademie.

2342 Beverly Crusher (geb. Howard) beginnt die achtjährige Ausbildung an der Medizinischen Fakultät der Starfleet-Akademie.

2346 Massaker der Romulaner auf dem klingonischen Außenposten Khitomer.

2351 Die Cardassianer erbauen im Orbit um Bajor eine Raumstation, die sie später aufgeben werden.

2353 William T. Riker und Geordi LaForge beginnen die Ausbildung an der Starfleet-Akademie.

2354 Deanna Troi beginnt die Ausbildung an der Starfleet-Akademie.

2356 Tasha Yar beginnt die Ausbildung an der Starfleet-Akademie.

2357 Worf Rozhenko beginnt die Ausbildung an der Starfleet-Akademie.

2363 Captain Jean-Luc Picard tritt das Kommando über die *USS Enterprise, NCC-1701-D* an.

2367 Wesley Crusher beginnt die Ausbildung an der Starfleet-Akademie.
Zwischen den Cardassianern und der Föderation wird ein unsicherer Waffenstillstand geschlossen.
Angriff der Borg im Sektor Wolf 359; unter den Überlebenden sind Lieutenant Commander Benjamin Sisko, Erster Offizier der *Saratoga,* und sein Sohn Jake.
Die *USS Enterprise-D* besiegt das Schiff der Borg im Erdorbit.

2369 Commander Benjamin Sisko tritt das Kommando über Deep Space Nine im Orbit von Bajor an.

Quelle: *Star Trek Chronology* von Michael und Denise Okuda

1

Die Bezeichnung ›Stadt‹ wäre stark übertrieben gewesen. Es war eine Ansiedlung – und keine besonders eindrucksvolle. Kein Gebäude war höher als zwei Stockwerke. Und überdies lag ein Großteil des Ortes in Trümmern. Die meisten Häuser wiesen Löcher auf; viele hatten kein Dach mehr oder waren einfach nur noch Ruinen.

Es war kaum eine Bewegung auszumachen, denn gerade war die heißeste Zeit eines sowieso schon heißen Tages angebrochen, und die wenigen Bewohner der Siedlung hielten sich im Inneren eines Gebäudes auf.

Die Luft im Subraum-Kommunikationsgebäude war zum Schneiden dick. Das Bauwerk war schwer beschädigt worden, aber eins der ersten gewesen, das man wieder instand gesetzt hatte, so daß darin jetzt zumindest ein Anschein von Ordnung herrschte. Es ging nicht das geringste Lüftchen, das den Bewohnern etwas Kühlung hätte verschaffen können.

Die Person, die Monitor-Dienst hatte, scherte sich nicht um solche Dinge, und selbst, wenn die Hitze ihr etwas ausgemacht hätte, hätte sie es nicht eingestanden. Ihre Haut war dick und vielfach facettiert. Ihre Augen, die Nase und der Mund waren kaum mehr als Schlitze. Der junge Mann trug die Uniform eines Starfleet-Kadetten, und sein Gesichtsausdruck kündete von Langeweile und der Überzeugung, daß die ihm zugewiesene Aufgabe sinnlos war.

Das hielt ihn jedoch nicht davon ab zu tun, was man ihm aufgetragen hatte.

Er sah auf das Chronometer und seufzte. Seit neunundfünfzig Minuten achtete er auf mögliche Subraum-Kommunikationen. Er hatte keine einzige aufgefangen. Nun sah der Zeitplan vor, daß er erneut seinen stündlichen Hilferuf ausstrahlte.

Er berührte seinen Kommunikator und sprach langsam und deutlich.

»Achtung«, sagte er. »Hier ist Dantar IV. Wir wenden uns an jedes Schiff der Föderation oder der Klingonen. Wir sind in Not. Wiederhole. Wir sind in äußerster Not. Bitte schicken Sie so schnell wie möglich Hilfe. Das ist ein Kode-Eins-Notruf. Bitte antworten Sie oder schicken Sie Hilfe. Dantar Ende.«

Er speiste die Nachricht in den Kodierer ein, der sie so verzerrte, daß nur jene, für die sie bestimmt war, die Botschaft entschlüsseln konnten. Die Nachricht war genau formuliert und in allen Einzelheiten von der derzeitigen Bevölkerung von Dantar IV ausgearbeitet worden, die sich praktisch über Nacht von mehreren hundert Personen – Teilnehmern an einem gemeinsamen Kolonisationsprojekt der Föderation und der Klingonen – auf genau acht reduziert hatte.

Dantar IV war einem wütenden und völlig unprovozierten Angriff zum Opfer gefallen. Der Überfall war abgewehrt und das Raumschiff der Angreifer zerstört worden, doch zu einem schrecklichen Preis. Die Kolonie war dermaßen verwüstet worden, daß man sie hatte aufgeben müssen.

Die Shuttles, mit denen man die Evakuierung vollzogen hatte, waren jedoch bis auf den letzten Platz gefüllt gewesen. Also waren acht tapfere Personen freiwillig zurückgeblieben: fünf Kadetten der Starfleet-Akademie und drei klingonische Kadetten. Die Person, die den Notruf sendete, Zak Kebron, gehörte zu den ersteren.

Zak entstammte der Krieger-Spezies der Brikar. Und in diesem Augenblick dachte er über ihre Lage nach.

Zwei Wochen. Zwei Wochen, fast schon drei, befanden sie sich schon hier auf Dantar und warteten auf Rettung. Doch die war bislang ausgeblieben. Als die Kolonisten losgeflogen waren, hatten sie den Kadetten versichert, spätestens in ein bis zwei Wochen würde Hilfe eintreffen.

Nicht, daß die Zurückgebliebenen sich in lebensbedrohlicher Gefahr befunden hätten. Zumindest noch nicht. Obwohl die Vorratslager so umfassend verwüstet worden waren, daß man auf keinen Fall Hunderte von Kolonisten versorgen konnte, standen den acht Freiwilligen noch Nahrungsmittel für mehrere Wochen zur Verfügung.

Und es gab auch Unterkünfte: einige Gebäude waren erhalten geblieben. Sie waren zwar alles andere als luxuriös, reichten aber völlig aus.

Doch sie mußten auch mit der Einsamkeit fertig werden – mit der Einsamkeit und dem Bewußtsein, daß weitere Angriffe folgen konnten. Mit der Unsicherheit darüber, was geschehen könnte – und was nicht.

Was, wenn sie noch mehrere Wochen hier ausharren mußten und die Vorräte tatsächlich ausgingen? Was würden sie auf sich nehmen müssen, um zu überleben? Und wann würde das Überleben bloß um des Überlebens willen die Sache einfach nicht mehr wert sein?

Das waren schwierige Fragen, Fragen, auf die Zak Kebron keine Antwort hatte.

Statt dessen hatte er jede Menge Zeit. Er sah erneut auf das Chronometer.

Das große Problem war, daß sie nicht wußten, ob die ausgestrahlten Nachrichten überhaupt irgendwo empfangen wurden – oder zumindest von der richtigen Stelle.

Einige wesentliche Bestandteile der Subraum-Funkkonsole waren pulverisiert worden und ließen sich nicht mehr reparieren. Die Kadetten hatten das Funkgerät so gut zusammengeflickt, wie sie es vermochten. Doch sehr wahrscheinlich war das Signal, das sie sendeten, so schwach, daß der Empfänger sich praktisch im Orbit hätte befinden müssen, um es aufzunehmen.

Aber was konnten sie sonst noch tun?

Zak hörte hinter sich Schritte. Fast hätte er sich gar nicht erst umgedreht, aber die ihm eigene Vorsicht veranlaßte ihn dann doch dazu.

Er bewahrte einen neutralen Gesichtsausdruck, als er einen großen, finster aussehenden Klingonen hereinkommen sah. Sein langer Schnurrbart, dessen Enden von kleinen Metallkapseln umschlossen wurden, schwankte leicht bei jeder Kopfbewegung. Kodash.

Der Klingone deutete mit dem Daumen zur Tür. »Ich übernehme«, sagte er.

Zak wußte nur allzu gut, daß Kodash ihn von Anfang an nicht hatte ausstehen können. Kodash war einer der drei klingonischen Gesandten, die gleichzeitig mit den Kadetten der Föderation auf der Kolonie eingetroffen waren. Da Dantar IV ein gemeinsames Unternehmen der Föderation und der Klingonen darstellte, waren Abgeordnete beider betroffenen Gruppen ausgeschickt worden, als Streitigkeiten zwischen den Kolonisten das Projekt scheitern zu lassen drohten. Den Gesandten war es gelungen, die Wogen zu glätten. Dann hatten die unbekannten Angreifer die Kolonie zerstört.

Nun mußten die Kadetten und die Klingonen jedes bißchen Selbstbeherrschung aufbringen, das sie hatten, um nicht die gleichen Streitigkeiten vom Zaum zu brechen, die vor ihrer Ankunft die Atmosphäre der Kolonie vergiftet hatten.

Wie auch immer …

Vieles kam zusammen. Zaks Gereiztheit, Kodashs Benehmen, die nagende Befürchtung, daß sie den öden Felsen namens Dantar IV nie mehr verlassen würden, und der Umstand, daß sich kein Lüftchen regte. All das veranlaßte Zak zu der Antwort: »Ist schon gut.«

Kodash sah mit ungeduldiger Neugier auf ihn herab. »Was ist schon gut?«

»Ich kann noch eine Weile Dienst schieben.« Zak winkte abweisend ab. »Kümmere du dich um andere Angelegenheiten.«

Kodash trat vor.

Einen befriedigenden Augenblick lang glaubte Zak zu sehen, daß die Adern an Kodashs Schläfen anschwollen. Und dann sagte der Klingone deutlich und bedacht: »Geh … mir … aus … dem … Weg.«

Zak reagierte auf die effektivste Art und Weise, die ihm einfiel. Er drehte sich mit seinem Stuhl um und bot dem Klingonen den Rücken dar.

Kodash knirschte.

Und eine Sekunde später der Stuhl ebenfalls.

Der Klingone wußte genau, daß es keinen Sinn hatte, den Brikar vom Stuhl stoßen zu wollen. Zak war zu schwer, und Kodash konnte nicht genug Hebelwirkung aufbringen. Also griff er auf die zweitbeste Taktik zurück. Der Stuhl war auf einem ziemlich schweren Stützbalken montiert. Kodash ergriff die Lehne und zerrte mit aller Kraft daran. Der Stuhl zerbrach mit einem lauten Knirschen, und Zak fiel zu Boden.

Kodash blieb keine Zeit, sich darüber zu freuen. Zak erhob sich nicht einmal vollständig. Er warf sich aus seiner gebückten Haltung hoch, und seine Beine bewegten sich wie Kolben. Die gesamte Frustration und der Ärger, der sich in den letzten Wochen in ihm aufgestaut hatten, lösten sich nun. Hinter dem Ausbruch steckte viel mehr als nur die Tatsache, daß die beiden sich nicht leiden konnten. Das überwältigende Gefühl, ihrer Lage völlig hilflos ausgeliefert zu sein, und die entnervende Aussicht, sie vielleicht bis zu ihrem Lebensende ertragen zu müssen, taten das ihre dazu.

Zak warf sich auf Kodash, sprang mit gespreizten Armen durch die Luft. Der Klingone konnte zwar der vollen Wucht des Aufpralls noch ausweichen, doch Zak erwischte ihn trotzdem mit einer Hand, und die beiden taumelten aus dem Gebäude hinaus und auf den ›Dorfplatz‹.

Zak holte mit der Faust zum Schlag aus. Eine Hand schloß sich fest um sein Gelenk und verhinderte, daß er tatsächlich zuschlagen konnte. »Nein, Zak«, sagte eine Stimme energisch und fest. »Tu es nicht.«

Der wütende Brikar sah nicht einmal über die Schulter zurück. »Laß mich los, Worf«, sagte er.

»Zuerst läßt du Kodash los«, erwiderte Worf.

Nun drehte Zak sich zu seinem Kollegen um. »Das geht dich nichts an.«

Der starke, junge Klingone lockerte seinen Griff um Zaks Gelenk nicht. Wenn überhaupt, wurde er noch fester. »Zak, damit erreichst du nichts«, sagte er.

Die anderen Kadetten kamen nun ebenfalls auf den Platz, wie auch die anderen Klingonen. Sie hatten den Lärm der Prügelei, die wütenden Stimmen und den Zusammenprall der Leiber der beiden gehört. In der unbewegten Luft von Dantar IV vernahm man solche Geräusche auch noch in beträchtlicher Entfernung.

Worf bedachte sie mit einem Blick, der Bände sprach. *Laßt mich das regeln,* besagte er.

Kodash war nun wieder soweit zu Atem gekommen, daß er sagen konnte: »Er hat mich provoziert!«

»Ich habe gar nichts provoziert«, erwiderte Zak scharf. »Ich habe mit Respekt gesprochen. *Du* hast meine Höflichkeit als Beleidigung aufgefaßt.«

»Senke deine Faust«, sagte Worf, »und wir sprechen auf zivilisierte Art und Weise darüber.«

Als die beiden sich kennengelernt hatten, hatte Zak von seinem heutigen Gefährten nicht mehr gehalten als von jedem anderen Klingonen auch. Doch nachdem sie sich zwangsläufig besser kennengelernt hatten, weil man ihnen an der Starfleet-Akademie ein gemeinsames Quartier zugewiesen hatte, hatte er gelernt, Worf zu vertrauen. Allerdings erstreckte dieses Vertrauen sich nicht automatisch auf andere Klingonen. In der Tat fiel es ihm noch immer schwer, sie zu tolerieren.

Dennoch senkte Zak die Faust.

Er wußte sehr wohl, daß mehrere seiner Studienkollegen ihn beobachteten. Tania Tobias, die junge, begabte Technikerin, musterte ihn mit zusammengekniffenen Augen. Ihr blondes Haar, das früher stets peinlich genau frisiert gewesen war, war nun von der unbarmherzigen Hitze ausgetrocknet und gekräuselt. Sie wirkte viel hagerer und müder als bei ihrer Ankunft.

Rechts neben ihr stand Mark McHenry, den man normalerweise mit seinem Spitznamen ›Mac‹ rief. Sein Spezialgebiet, die Astronavigation, war nur von beschränktem Nutzen, wenn man über einen längeren Zeitraum auf einer abseits gelegenen Kolonie gestrandet war. Mac war etwas überspannt und neigte dazu, oftmals ›Löcher in die Luft zu starren‹. Bei diesen Gelegenheiten schien er nichts von dem mitzubekommen, was um ihn herum vorging. In Wirklichkeit war er jedoch hyper-aufmerksam – sogar so sehr, daß er dafür nur einen kleinen Teil seiner Konzentration aufbringen mußte. Den Rest seiner Gedanken widmete er ganz einfach dem, was ihm gerade so in den Sinn kam. In diesem Augenblick konzentrierte sich aber sogar Mac völlig auf die angespannte Lage.

Während Zaks Aufmerksamkeit den Kadetten galt, hielt Worf die Klingonen genau im Auge, um frühzeitig festzustellen, wie sie auf die aktuelle Krise reagieren würden.

Der zweite der zurückgebliebenen Klingonen hieß Gowr. Er war der kleinste der drei, aber unglaublich kräftig. Er brachte weder Menschen noch

Brikar Zuneigung entgegen und begegnete Worf mit offensichtlicher Verachtung. Worf war Klingone, aber Angehöriger von Starfleet. Diese Mischung hielt Gowr für völlig unangemessen, und er konnte nicht anders, als ihr Mißtrauen entgegenzubringen. Zum Glück hatte Gowr aber nicht das Kommando inne.

Das lag in den Händen der jungen Klingonin, die sich bemühte, ihre Studienkollegen unter Kontrolle zu halten.

Ihr Name war K'Ehleyr. Sie war streng, stolz und unnachgiebig. Wenn sie sprach, schwang in ihrer Stimme ein absolutes Selbstvertrauen und die Überzeugung mit, immer und unbedingt recht zu haben. Sie hatte sogar so viel Selbstvertrauen, daß sie die Möglichkeit, sie könne sich tatsächlich einmal irren, gar nicht erst in Betracht zog.

Kurz gesagt, K'Ehleyr war alles, wonach eine Klingonin nur streben konnte. Worfs Respekt für sie hatte sich im Lauf der Wochen von knirschender Bewunderung in grollende Ehrfurcht verwandelt. So zerrissen, wie er sich aufgrund seiner klingonischen Herkunft und seiner menschlichen Erziehung ständig vorkam, so sehr bewunderte er ihre Ausgeglichenheit und Selbstsicherheit. Der Zeitraum, den sie auf diesem Planeten verbracht hatten, hatte zwar deutliche Auswirkungen auf die Gemütsverfassung und das körperliche Wohlbefinden aller Zurückgebliebenen gehabt, K'Ehleyr jedoch in einen Zustand der völligen Ruhe getrieben.

In gewisser Hinsicht machte Worf sich deshalb einige Sorgen. Er fragte sich, ob K'Ehleyr nicht jeden Augenblick zusammenbrechen und die Frustrationen und Ängste herauslassen würde, die sie vielleicht in sich aufgestaut hatte. Und vielleicht war gerade dieser Zwischenfall derjenige, der das labile Gleichgewicht kippen ließ.

»Kodash, was ist passiert?« fragte K'Ehleyr.

Kodash glättete seine Uniform. »Ich wollte meinen Monitor-Dienst antreten«, sagte er wütend. »Der Brikar wollte sich nicht ablösen lassen.«

»Hast du die Prügelei angefangen oder er?«

»Er hat angefangen.«

»Das habe ich nicht getan«, sagte Zak standhaft.

K'Ehleyrs Blick fiel auf Worf. Worf verschränkte die Arme vor der Brust. »Wenn Zak erklärt, daß er nicht angefangen hat, genügt mir das«, sagte er.

»Nennst du mich einen Lügner?« brüllte Kodash.

K'Ehleyr richtete ihre Aufmerksamkeit wieder auf Kodash. »Hat er dich zuerst körperlich angegriffen?«

»Das ist nicht von Belang.«

»Für mich schon, Kodash«, sagte K'Ehleyr mit einer Stimme, die so hart wie Feuerstein war. »Damit sollte es für dich auch von Belang sein. Also, hat der Brikar dich zuerst geschlagen? Antworte mir. Ja oder nein?«

»Nein, aber ...«

»Verschwinde von hier, Kodash.«

Der Klingone erweckte den Eindruck, jeden Augenblick explodieren zu wollen. »Wie kannst du es wagen ...«

Als K'Ehleyr erneut sprach, war ihre Stimme leiser und sanfter. Sie alle wußten mittlerweile, daß K'Ehleyr um so leiser sprach, je wütender sie war. Sie konnte fuchsteufelswild werden, ohne laut zu werden. Und nun wiederholte sie leise und energisch: »Verschwinde von hier, Kodash.«

Kodash öffnete den Mund, um noch etwas zu sagen, schloß ihn dann aber wieder. Der Blick in K'Ehleyrs Augen und der Klang ihrer Stimme waren endlich zu ihm durchgedrungen. Er trat einen Schritt zurück, warf noch einen Blick auf Zak und ging dann davon.

Worf nahm Zak augenblicklich ein paar Schritte zur Seite. »Es war überflüssig, daß du ihn auf diese Weise provozierst«, sagte er streng.

»Was willst du, Worf?« fragte Zak. »Sogar K'Ehleyr hat sich hinter mich gestellt ...«

»Ich bin nicht K'Ehleyr«, erinnerte Worf ihn. »Und ich behaupte, du hast genau gewußt, daß dein Verhalten bei Kodash diese Reaktion hervorrufen wird. Führe solche Reaktionen in Zukunft nicht mehr herbei. Hast du das verstanden?«

Worf und Zak hatten miteinander viel durchgemacht. Zuerst waren sie Feinde gewesen, dann Zimmergenossen und Studienkollegen, und schließlich Verbündete. Doch nun wurde diese Beziehung ernsthaft auf die Probe gestellt.

Zak schien lange zu überlegen, was er darauf erwidern sollte. Doch schließlich begnügte er sich mit einem einfachen »Ja!«.

»Gut«, sagte Worf. »Ich möchte solch eine Diskussion nicht noch einmal führen müssen. Und wenn du den Monitor-Dienst jetzt fortsetzen willst, laß dich von mir nicht aufhalten.«

Zak nickte knapp und kehrte in das Überwachungsgebäude zurück.

Worf sah zu den anderen hinüber. »Man sollte doch meinen«, sagte er, »daß ihr Wichtigeres zu tun habt, als eure Zeit damit zu verschwenden, dieses Schauspiel zu beobachten. Habe ich recht?«

Die anderen Kadetten nickten kurz und widmeten sich wieder ihren jeweiligen Aufgaben.

Erst jetzt atmete Worf leise aus. Von allen, die auf den Platz gekommen waren, um die Prügelei zwischen Zak und Kodash zu beobachten, waren lediglich er und K'Ehleyr zurückgeblieben.

Sie standen einen Augenblick lang schweigend da, bis K'Ehleyr schließlich die Stille brach. »Nun«, sagte sie munter, »das hätte viel schlimmer enden können.«

»In der Tat«, stimmte Worf zu. »Wir haben Glück gehabt.«

Sie seufzte laut, und zum erstenmal seit Wochen bemerkte Worf bei ihr eine Spur von Unsicherheit. »Worf«, sagte sie langsam, »was, in Kahless' Namen, soll aus uns werden?«

»Man wird uns retten«, sagte er fest.

»Das glaubst du wirklich?« Sie trat einen Schritt näher zu ihm heran, und nun sah er die Traurigkeit in ihren Augen. Das Vertrauen, das sie ausstrahlte, entsprach nicht unbedingt dem, was wirklich in ihr vorging.

»Natürlich glaube ich daran«, sagte Worf. »Warum sollte ich nicht daran glauben?«

Sie rieb mit Daumen und Zeigefinger ihr Nasenbein. »Weil wir von niemandem gehört haben, seit die Kolonisten mit ihren Schiffen losgeflogen sind. Weil wir jederzeit davor auf der Hut sein müssen, uns nicht gegenseitig an die Kehle zu fahren. Worf – du machst dir vielleicht etwas vor.«

»Ich weigere mich, so etwas überhaupt in Betracht zu ziehen.«

Sie zuckte mit den Achseln. »Wird die Sonne kälter, wenn du dich weigerst zu glauben, daß sie heiß ist? Nein, wohl kaum. Das Universum ist nicht davon abhängig, daß du seine Natur gutheißt. Es ist einfach, was es ist. Glaube ruhig etwas anderes, wenn du unbedingt willst. Aber du würdest dir damit etwas vormachen. Und Selbsttäuschung ist ein Luxus, den eine Führungskraft sich nicht leisten kann.«

Sie wandte sich von ihm ab und ging davon.

Dann drehte sie sich um. »Wenigstens kam deine Wissenschaftlerin, Soleta, nicht angelaufen, um diesen sinnlosen Streit zu beobachten. Tröstlich zu wissen, daß wenigstens die Vulkanierin mit ihrer Zeit Besseres anzufangen weiß.«

Worf nickte lediglich. Es war sinnlos, K'Ehleyr zu erklären, daß Soleta sich nicht gezeigt hatte, weil sie nicht in der Ansiedlung war.

Soleta machte die Wärme und Trockenheit auf Dantar am wenigsten aus. Dafür gab es zwei Gründe. Zum einen war ihre Heimatwelt Vulkan ebenfalls ziemlich heiß. Ihr Körper verfügte über eine Reihe angeborener Schutzmechanismen, die es ihr ermöglichten, mit der sengenden Hitze von Dantar fertig zu werden.

Zum anderen hätte der berühmte vulkanische Stoizismus ihr das Eingeständnis verboten, Probleme zu haben, selbst wenn sie tatsächlich welche haben sollte.

In diesem Moment war sie draußen in der Wüste und erkundete die Umgebung. Nahm Messungen vor. Führte Experimente durch. Kurz gesagt, sie war …

Überfällig, das war sie.

2

Die Sonne von Dantar brannte auf Soleta hinab, doch sie bemerkte es nicht einmal. Ihre volle Aufmerksamkeit galt ihrem Tricorder, der ein verwirrendes Piepsen von sich gab.

Sie überprüfte ihn noch einmal und stellte fest, daß er in der Tat fehlerfrei funktionierte. Und doch hätte sie nie mit solchen Meßwerten gerechnet.

Ursprünglich hatte sie vorgehabt, Bodenproben zu nehmen und später dann zu untersuchen, ob hier Pflanzen gedeihen würden. Doch weil ihr Tricorder zweifelsfrei irgendein Signal empfing, hatten die Ereignisse einen ganz anderen Verlauf genommen.

»Ein Leitstrahlsender«, murmelte sie leise. »Irgendein Peilsignal.« Ja. Ja, darum handelte es sich eindeutig.

Sie berührte ihren Kommunikator. »Soleta an Worf«, sagte sie.

Nichts.

Sie kniff die Augen zusammen und versuchte es erneut.

Wieder keine Antwort.

Hatte die Hitze das Gerät beeinträchtigt? Das kam ihr unwahrscheinlich vor.

Vielleicht …

Vielleicht wurde der Kommunikator blockiert.

Das war ein faszinierender Gedanke. Irgendein automatischer Peilsender, der den Funkverkehr aller Personen störte, die ihn zufällig entdeckten. Oder zumindest – und darüber hätte Soleta sich Sorgen gemacht, würde dies in ihrer Natur liegen – den Funkverkehr auf Frequenzen störte, die die Kommunikatoren von Starfleet benutzten.

»Faszinierend«, murmelte sie.

Soleta hatte nun zwei Möglichkeiten. Sie konnte zur Siedlung zurückkehren, die anderen warnen und dann hierher führen – was die vernünftige und vorsichtige Alternative wäre –, oder sie konnte auf eigene Faust Ermittlungen anstellen.

Soleta wußte, daß sie vielleicht einen Fehler beging, wenn sie erst die anderen holte. Schließlich hatte sie ja keine Ahnung, woher das Signal kam. Vielleicht wurde es von einem fest installiertem Sender ausgestrahlt. Andererseits konnte es auch aus einem Raumschiff kommen – jemand war, aus welchem Grund auch immer, hier gelandet und würde vielleicht bald wieder starten.

Dieser Jemand konnte ihnen freundlich gesonnen sein, und sie würden gerettet werden.

Andererseits konnte es sich natürlich auch um eine feindliche Partei handeln, um Leute, die Soleta in dem Augenblick, da sie sie zu Gesicht bekamen, töten würden.

So viele Möglichkeiten ... aber am meisten machte Soleta die Vorstellung zu schaffen, daß sie, falls sie jetzt umkehrte, vielleicht nie herausfinden würde, worum es sich handelte. Eine verpaßte Gelegenheit.

Der Gedanke, daß ihre Neugier unbefriedigt bleiben würde, verdrängte sogar die Sorge um ihre Sicherheit. Denn welche Bedeutung hatte die schon, wenn man genau darüber nachdachte? Sie war mit kaum ausgebildeten Kadetten und mürrischen Klingonen auf einem lebensfeindlichen Planeten gestrandet, und ihre Aussicht auf Rettung wurde von Tag zu Tag geringer. Sie befand sich bereits in Gefahr. Gewissermaßen stand sie schon draußen im Regen. Wenn man erst einmal naß war, konnte man nur noch nasser werden, und so schlimm war das dann auch nicht mehr.

Soleta ging vorsichtig weiter und nutzte die Deckung einiger weniger Felsen und an die Oberfläche tretender Steinschichten aus, die die ansonsten flache Landschaft sprenkelten.

Dann stieg sie einen sehr kleinen Hügel hinauf und erstarrte an Ort und Stelle.

Es war in der Tat ein Raumschiff, dessen weißgrünes Metall im Sonnenlicht schimmerte. Es lag

schwerbeschädigt auf dem Boden und würde sich nie wieder erheben. Stabilisatoren und Schubdüsen übersäten die Wüste. Tragflächen waren abgerissen worden, und eine ziemlich lange Bremsspur zog sich über den Boden – fast einen Kilometer lang, wenn Soleta sich nicht beträchtlich verschätzte. Das Schiff war in einem verhältnismäßig spitzen Winkel heruntergekommen, außer Kontrolle über den Boden geschlittert und dabei aufgerissen worden.

Soleta erkannte es augenblicklich. Wenn die Kennzeichnungen und die allgemeine Form – zumindest, was von ihr noch übrig war – für eine Identifizierung nicht ausgereicht hätten, wären schon allein die verbrannten Stellen auf der Hülle Hinweis genug gewesen.

Es waren die Spuren von Phaserfeuer, besonders von einer Phaser-Kanone, wie sie auf Dantar IV aufgestellt war.

Soleta hegte nicht den geringsten Zweifel daran, daß sie das abgestürzte Schiff gefunden hatte, das die Kolonie angegriffen hatte. Tricorder-Messungen während des Angriffs hatten ergeben, daß es sich um ein Schiff von klingonischer Herkunft, aber mit Föderations-Bewaffnung handelte. Diese bizarre Kombination hatte zwischen den beiden Kolonisten-Gruppen heftige Auseinandersetzungen und böse Beschuldigungen hervorgerufen; beide Seiten hatten mit den Fingern auf die andere Gruppe gezeigt und sie der Sabotage beschuldigt. Die ungelöste Frage der Herkunft des Schiffes machte den zurückgelassenen Kadetten noch immer zu schaffen.

Sie ging weiter.

Sie war auf Schwierigkeiten vorbereitet. An ihrem Gürtel hing ein Phaser. Sie überprüfte ihn schnell und vergewisserte sich, daß er bis zum Maximum geladen war.

Sie hoffte, daß sie die Waffe nicht benötigen würde.

Soleta näherte sich vorsichtig dem Schiff und stellte den Tricorder auf Lebenszeichen ein. Es gab keine. Sie konnte auch keine Bewegung ausmachen. Es war niemand an Bord – zumindest niemand, der noch lebte.

Doch das Peilsignal war noch aktiviert. Die Frage lautete … war es nach der Bruchlandung von jemandem aktiviert worden? Das würde bedeuten, daß jemand den Absturz überlebt hatte. Oder war es bei dem Absturz automatisch aktiviert worden? Es hätte auch von jemandem aktiviert worden sein können, der dann kurz darauf gestorben war.

So viele Möglichkeiten.

Sie glitt durch eins der klaffenden Löcher, und ihre in Stiefeln steckenden Füße landeten geräuschlos auf dem Deck des Schiffes. Zu ihrem Glück fiel Licht durch zahlreiche Risse und Bruchstellen in der Schiffshülle. Obwohl sie bewaffnet war, war ihr – in dem blendenden Sonnenlicht von Dantar – nicht in den Sinn gekommen, eine Taschenlampe mitzunehmen.

Doch als sie vorsichtig tiefer in das Innere des Schiffes eindrang, wurde das Licht immer schwächer, bis sie schließlich von Dunkelheit umgeben war. Das Metall knirschte unter ihrem Gewicht; jedes Geräusch wurde verstärkt und klang in der Stille wie ein Donnerschlag.

Sie prallte gegen eine Leiche.

Soleta sprang erschrocken zurück. Sie kniff die Augen zusammen, die sich langsam an die Dunkelheit gewöhnten.

Nein, es war keine Leiche. Sie richtete den Tricorder darauf, doch er zeigte nicht das geringste an. Dann sah sie den geöffneten Spind rechts von ihr und begriff. Es war irgendein Arbeitsanzug, wahrscheinlich dazu gedacht, im Weltraum Reparaturen an dem Schiff vornehmen zu können. Er war leer und bei der Bruchlandung aus dem Schrank gefallen.

Sie war verärgert darüber, daß sie sich so leicht hatte aus der Fassung bringen lassen.

Sie warf einen Blick auf den Tricorder, und das Gerät leuchtete auf. Die Vorwarnzeit betrug etwa eine halbe Sekunde.

Ein Lebenszeichen.

Direkt vor ihr.

Was immer es auch war, es war ihm gelungen, sich ihr geräuschlos zu nähern – kein Werk schlechter Eltern, wenn man bedachte, wie scharf das Gehör der Vulkanierin war.

Instinktiv trat Soleta einen Schritt zurück, und das rettete ihr wahrscheinlich das Leben.

Sie spürte unmittelbar vor ihrem Gesicht einen schnellen Luftzug. Eine zuschlagende Faust. Hätte Soleta zuvor die geringsten Zweifel gehabt, daß sie es mit einem feindseligen Wesen zu tun hatte, waren sie nun endgültig ausgeräumt.

Soleta trat weitere zwei Schritte zurück, und der Angreifer folgte ihr. Sie wich nach links aus. Ein wuchtiger Schlag verfehlte sie. Sie riß den Phaser hoch, doch in diesem Augenblick wich der Angreifer zurück, traf ihren Arm und schlug ihr die Waffe aus der Hand. Sie schepperte irgendwo im Dunkeln über den Boden des Schiffes.

Soleta sah in die Richtung, in die der Phaser gefallen war, und das erwies sich als Fehler. Während sie kurzzeitig abgelenkt war, holte eine Faust aus und traf sie an der Schläfe. Hinter Soletas Augen explodierten Sterne. Sie taumelte und mußte all ihre Kraft aufbringen, nur um bei Bewußtsein zu bleiben.

Sie prallte mit dem Rücken gegen die Schiffshülle. Das war ein Segen, denn nun hatte sie etwas, das ihr Halt gab.

Sie tastete in ihrem Inneren nach dem mentalen Zentrum der Ruhe. Nun konnte sie auf ihre Ausbildung und Disziplin zurückgreifen. Sie würde nicht in Panik geraten. Sie würde sich nicht zu überhasteten Bewegungen hinreißen lassen. Sie würde sich nicht tadeln, weil sie hätte umkehren und Verstärkung holen sollen.

Sie war hier. Sie war in Schwierigkeiten. Sie würde damit fertig werden. Das war alles.

Bevor der Angreifer sich wieder bewegen konnte, senkte Soleta die rechte Hand und riß das rechte Knie hoch. Sie zwängte damit seinen Arm ein und machte ihn kurzzeitig unbeweglich. Einen gefährlichen Augenblick lang verlor sie das Gleichgewicht und war damit überaus verwundbar. Es war ein notwendiges Risiko, während ihr linker Arm nach dem Halt tastete, den sie benötigte.

Sie fand ihn: die Schulter des Angreifers.

Die Haut, die sie unter ihren Fingern fühlte, war lederartig und fast so hart wie Stein. Ein sehr bekanntes Gefühl, aber sie sparte sich die Identifizierung für später auf. Nun kam es lediglich darauf an zu überleben. Sie drückte hart und preßte den Daumen und die Finger so zusammen, wie man es sie gelehrt hatte.

In der Dunkelheit erklang ein verblüfftes Stöhnen. Ihr Widersacher taumelte. Das war alles. Er taumelte lediglich. Der vulkanische Nervengriff hätte ihn augenblicklich bewußtlos machen müssen. Soleta drückte fester, mit all ihrer Kraft.

Ihr Feind schwankte und prallte mit dem Kopf gegen die Wand, die vor ein paar Sekunden Soletas Rettung gewesen war. Nun lastete Soletas Gewicht auf ihm, und sie preßte seine Glieder gegen das Metall. Er schlug mit einem dumpfen Aufschrei der Länge nach zu Boden. Soleta konnte sich nicht mehr rechtzeitig befreien und fiel mit ihm. Sie schlugen mit einem Aufprall auf, der – wie sie hätte schwören können, wäre sie ein phantasiebegabtes Geschöpf gewesen – den gesamten Planeten erzittern ließ.

Einen Augenblick lang bewegte sich keiner der beiden. Soletas Atem ging schnell und keuchend, doch ihre Aufmerksamkeit war völlig auf den Angreifer gerichtet.

Er gab kein Geräusch von sich und rührte sich auch nicht.

Er war bewußtlos.

Soleta befreite sich von ihm, blieb einen Moment lang einfach sitzen und beruhigte ihren Atem. Sie spürte tief in sich einen kleinen Funken der Befriedigung, mehr aber auch nicht. Selbst das war für eine Vulkanierin schon ein Luxus. Aber sie hatte es sich verdient.

Sie erhob sich, wischte den Schmutz und Sand von ihrer Uniform. Sie glättete sie, so gut sie konnte, und dachte dann über das vor ihr liegende Problem nach.

Was sollte sie nun mit ihm anfangen?

Der Gang war sehr schmal. Also tastete sie einfach in der Dunkelheit herum, bis sie eins seiner Beine berührte. Dann zerrte sie ihn durch dasselbe Loch hinaus, durch das sie das Schiff betreten hatte.

Ihre Augen gewöhnten sich sehr schnell an das Licht. Die Umstellung von Helligkeit auf Dunkelheit dauerte eine Weile, aber umgekehrt ging es dank der Struktur des vulkanischen Auges, das zusätzlichen Schutz gegen grelles Licht bot, sehr schnell.

Sie schaute zu der Person hinab, mit der sie gekämpft hatte.

Es handelte sich dabei um ein Mitglied jener Spezies, mit der sie gerechnet hatte.

Sie zweifelte nicht daran, daß sich jemand sehr aufregen würde, wenn sie mit ihrem Gefangenen die Ansiedlung erreichte.

3

Tania und Mac überprüften das Energieniveau des Generators, der die wenigen erhalten gebliebenen Gebäude versorgte. Tania schaute auf, als Worf hereinkam. Er hielt die Arme hinter dem Rücken verschränkt, wie meistens, wenn er seine Runden machte. Und wie so oft zuvor knurrte er: »Bericht?«

Tania lächelte leicht. »Genau wie gestern, Worf. Und wie vorgestern, und wie am Tag davor. Der Generator funktioniert. Die Energiepegel sind akzeptabel. Alle Kupplungen halten. Bei keiner Leitung ist eine Unterbrechung aufgetreten.« Sie hielt inne. »Hast du erwartet, daß ich etwas anderes sage?«

Er erwiderte ihr Lächeln nicht. »Ich erwarte, daß du mir einen genauen Bericht gibst. Nicht mehr als das.«

Sie nickte. »Jawohl, Mr. Worf«, sagte sie einfach. »Ich habe verstanden.«

Er drehte sich auf dem Absatz um, und Tania fügte hinzu: »Oh ... Mr. Worf?«

»Ja?«

»Auf dem Weg hierher ist mir aufgefallen, daß K'Ehleyr vor dem Schlafsaal der Klingonen saß. Sie wirkte etwas niedergeschlagen. Da Sie beide die jeweiligen Gruppenführer sind, möchten Sie vielleicht mit Ihr sprechen und herausfinden, was für ein Problem sie hat.«

»Ach?« Er schien einen Augenblick lang darüber nachzudenken. »Nun gut«, sagte er dann. »Danke, daß du mich auf diese … Situation hingewiesen hast.«

»Gern geschehn«, sagte sie.

Worf ging hinaus.

Mac schien sich völlig darauf zu konzentrieren, ein paar Impulsmessungen vorzunehmen, und blickte nicht einmal auf, als er sagte: »Das war aber sehr nett von dir.«

»Was war nett?« fragte sie.

»Einfach vorzuschlagen, daß er zu K'Ehleyr geht. Ich meine, es ist doch offensichtlich, daß du in ihn verschossen bist.«

Tanias Mund klaffte auf, bis er irgendwo auf Höhe ihrer Knöchel zu hängen schien. *»Wie bitte?«*

»Ich habe gesagt, es ist ziemlich offensichtlich, daß …«

»Ja, ich weiß, was du gesagt hast.«

»Warum hast du dann gefragt?« Er sah zum erstenmal zu ihr hoch. »Wirst du allmählich vergeßlich?«

»Mark, ich bin *nicht* in Worf verschossen.«

»Wirklich nicht?«

»Nein. Ich gestehe ja ein, daß ich ihn mag. Er ist ein guter Freund und ein hervorragender Kadett … und loyal und …« Sie riß sich zusammen und fuhr nachdrücklich fort: »Aber jedwede Schwärmerei wäre unpassend und nicht im Einklang mit den Vorschriften.«

»Wirklich?«

»Ja, wirklich. Also hör auf, so etwas zu sagen.«

»Na schön.« Er hielt kurz inne. »Augenblick mal … nur um das klarzustellen. Was soll ich nicht mehr sagen? Daß du in Worf verschossen bist? Oder soll ich das Wort ›wirklich‹ nicht mehr verwenden? Oder das Wort ›daß‹? Mit dem ersten kann ich leben. Das zweite wäre etwas schwierig. Und wenn du das dritte meinst… na ja, ehrlich gesagt, es wäre ziemlich problematisch, das Wort ›daß‹ aus meinem Vokabular zu streichen…«

»Die ersten beiden«, sagte sie schnell.

»Alles klar.« Er widmete sich wieder seiner Arbeit. »Ich habe nur gedacht, es war wirklich nett von dir«, erklärte er dann, »weil es ja ziemlich offensichtlich ist, daß Worf in K'Ehleyr verschossen ist.«

»Das ist er *nicht!*« Sie lachte, als wäre diese Vorstellung völlig absurd und ihr selbst nicht einmal in einer Million Jahren in den Sinn gekommen.

»Wirk… fürwahr?« sagte er.

»Ja, fürwahr.«

»Hmm. Na ja, dann bin ich jetzt wohl völlig durcheinander.«

»Warum bist du durcheinander, Mac?« fragte sie geduldig.

»Nun ja… ich habe die Situation so gesehen. Du findest Worf sehr attraktiv. Aber du bist der Ansicht, daß er mit K'Ehleyr viel glücklicher wäre, und deshalb willst du ihm nicht im Wege stehen und offenbarst ihm in seinem Interesse deine Gefühle nicht. Ehrlich gesagt kam mir das sehr nobel von dir vor.«

»Tja…« Sie räusperte sich. »Sagen wir mal so… Wenn es so wäre, wäre es wirklich nobel von mir. Aber da du ja völlig falsch liegst…«

»Wie du meinst, Tania.«

Sie schwiegen eine beträchtliche Weile. Dann

lächelte Tania. »Weißt du, Mac«, sagte sie, »ich muß eingestehen, für einen Burschen, der seiner Umgebung nicht besonders viel Aufmerksamkeit zu schenken scheint, verblüffst du mich immer wieder.«

Er sah auf. »Verzeihung. Was hast du gesagt?«

»Schon gut«, sagte sie.

»Na schön«, sagte er und sah wieder zu seiner Arbeit hinab.

K'Ehleyr befand sich genau dort, wo Tania es gesagt hatte. Sie saß auf einem Schutthaufen vor dem Gebäude, das den Klingonen als Schlafsaal diente. Worf blieb neben ihr stehen und verschränkte die Arme vor der Brust.

»Soleta ist überfällig«, sagte er. »Sie hat mir gesagt, in welche Richtung sie heute auf Erkundung gehen wollte. Selbst wenn man in Betracht zieht, daß sie sich weiter von der Stadt entfernt hat als je zuvor, sollte sie mittlerweile eigentlich schon wieder zurück sein. Ich habe vor, nach ihr zu suchen.«

»Brauchst du dabei Hilfe?« fragte sie.

»Meldest du dich freiwillig?«

»Bittest du mich darum?«

»Ich bitte nicht.«

»Dann melde ich mich nicht freiwillig.«

Sie schwiegen eine Weile. Worf verdrehte die Augen.

»Wenn wir beide gemeinsam gingen«, sagte Worf, »könnte einer von uns zum Lager zurückkehren, um Hilfe zu holen, sollten wir auf Schwierigkeiten stoßen.«

»Das ist richtig.« Erneut folgte eine Pause. »Dann bittest du mich also doch, daß ich dich begleite.«

»Ich habe lediglich die Vorteile aufgezählt.«

»Nun gut«, sagte sie. Sie stand auf und wischte Staub von ihrem Hosenboden. »Da du meine Begleitung benötigst…«

»Ich benötige *keinesfalls*…«

»…komme ich natürlich gern mit«, beendete sie den Satz und klang dabei schon etwas weniger formell als zuvor.

Worf lächelte natürlich nicht. Das wäre unangemessen gewesen. Innerlich war er jedoch amüsiert. Zwei Klingonen – dermaßen vom Stolz und Selbstvertrauen getrieben, daß keiner eingestehen wollte, Hilfe zu benötigen. Oder auch nur, daß es ihm vielleicht, nur vielleicht, gefallen würde, mit dem oder der anderen etwas Zeit zu verbringen.

Nichts anderes wäre angemessen gewesen.

Sie gingen in die Richtung, in die Soleta gegangen war, und nahmen ein paar leichte Ausrüstungsgegenstände mit, darunter Tricorder, Phaser (für den unwahrscheinlichen Fall, daß sie in Gefahr geraten sollten) und Wasserflaschen (für den wahrscheinlicheren Fall, daß sich Durst bemerkbar machen sollte).

Gelegentlich warf Worf der Klingonin einen Blick zu, doch sie schien kein besonderes Interesse daran zu haben, Konversation zu treiben. Dennoch entschloß er sich, ihr eine Frage hinzuwerfen. »Warum hast du gerade in dieser Weise da draußen gehockt?«

»Empfiehlt Starfleet eine andere Sitzhaltung?« erwiderte sie.

Sein Mund zuckte und wollte den Anflug eines Lächelns zeigen, doch er ließ es nicht zu. »Nein. Du hast in der perfekten Starfleet-Haltung dort gesessen.«

»Gut.« Sie seufzte, und bevor Worf eine weitere Frage stellen konnte, fuhr sie freiwillig fort: »Ich wollte nicht hineingehen, weil Kodash in dem Gebäude war. Er war ziemlich wütend, weil er der Ansicht war, daß ich ihn bei dem Streit kurz zuvor nicht angemessen verteidigt hatte.«

»Falls es dich interessiert«, sagte Worf, »ich habe Zak Kebron gesagt, daß er sich meines Erachtens schlecht verhalten hat.« Er schüttelte den Kopf. »Es ist nicht leicht, alte Vorurteile beiseite zu schieben.«

»Ich weiß«, sagte sie.

Sie gingen ein Stück weiter.

»Es war ziemlich … frustrierend für mich«, sagte K'Ehleyr.

»Es ist für uns alle sehr frustrierend.«

»Nicht nur unsere derzeitige Lage. Mein gesamtes Leben war frustrierend.«

Er versuchte gar nicht erst, seine Überraschung zu verbergen. »Das kann ich kaum glauben«, sagte er.

»Ach ja? Warum nicht?«

»Weil du äußerst fähig zu sein scheinst. Weil du Respekt verdienst. Weil …«

»Du verstehst es nicht, Worf.«

»Dann erkläre es mir.«

Sie seufzte. »In meinen Adern fließt menschliches Blut, Worf.«

»Wirklich?« Schon wieder gelang es ihm nicht, seine Überraschung zu verbergen.

»Ja, wirklich. Und ich habe jeden Tag meines Lebens versucht, diese Tatsache zu ignorieren oder zu überwinden.« Sie war bislang sehr schnell ausgeschritten, wurde nun jedoch beträchtlich langsamer. »Ich habe mich immer zu Höchstleistungen angetrieben, bin stets über das hinausgegangen, was ein Klingone von sich erwarten kann. Ich verspürte das Bedürfnis, mich zu beweisen. Zu beweisen, daß ein biologisches Mißgeschick mich nicht zu einem untauglichen Krieger macht, zu einer untauglichen Frau. Zu einer untauglichen Klingonin.« Sie schüttelte den Kopf. »Das muß in deinen Ohren doch lächerlich klingen.«

»In *meinen* Ohren? Du glaubst, für *mich* könnte das lächerlich klingen? Vergiß nicht, mit wem du sprichst, K'Ehleyr. Ich bin unter Menschen aufgewachsen. Obwohl meine Eltern ehrlich versucht haben, meine klingonische Herkunft anzuerkennen und zu verstehen, hat man in Wirklichkeit von mir erwartet, daß ich mich menschlichen Verhaltensnormen anpasse. Diese Erwartung trug nicht gerade zu einer glatt und ruhig verlaufenden Erziehung bei.«

»Damit meinst du …?«

»Damit meine ich, daß ich mich auf viele Prügeleien eingelassen habe. Mein Vater hat einmal gesagt, er sei als Erwachsener öfter in der Schule gewesen denn als Kind, weil die Lehrer ständig verlangten, daß meine Eltern zu ihnen kamen und mit ihnen meine ›Probleme‹ besprachen. Du warst also im Klingonischen Imperium eine Klingonin mit menschlichem Blut, die versucht hat, den Erwartungen gerecht zu werden, die man an eine Klingonin stellt. Und ich war auf der Erde ein Klingone mit menschlicher Erziehung, der sich bemüht hat, den Erwartungen gerecht zu werden, die man an einen Menschen stellt. Das halte ich für die reinste Ironie.«

»Mir kommt es eher schade vor«, sagte K'Ehleyr. »Ich wünschte, ich hätte dich schon gekannt, als ich

ein Kind war, Worf. Ich gestehe es nicht gern ein, aber du hättest mir eine große Hilfe sein können.«

»Und du mir«, erwiderte er.

Beide blieben stehen und sahen einander an.

Worf war überzeugt davon, daß er jetzt eigentlich etwas hätte sagen müssen. Hätte er nur gewußt, was …

Plötzlich nahm K'Ehleyr etwas aus den Augenwinkeln wahr. Sie drehte sich um, streckte eine Hand aus und sagte: »Da!«

Worf schaute in die Richtung, in die sie zeigte, und dann sah er es ebenfalls. Eine einsame Frau, die irgendeine Last auf den Schultern trug.

Nein. Keine Last. Einen Körper. Einen Bewußtlosen oder Toten.

»Das ist Soleta!« sagte Worf und lief schnell zu ihr. Der Tricorder schlug gegen seinen Oberschenkel, während seine starken Beine wie Kolben stampften. K'Ehleyr folgte ihm auf den Fersen und hielt bewundernswert mit.

»Bist du in Ordnung?« rief er, als er in Soletas Hörweite war.

»Offensichtlich«, erwiderte sie.

»Wer ist das?« rief K'Ehleyr.

Soleta antwortete nicht sofort. Statt dessen blieb sie stehen und wartete geduldig, bis Worf und K'Ehleyr sie erreicht hatten und wieder zu Atem gekommen waren. »Das ist«, sagte sie, als die beiden sich wieder beruhigt hatten, »einer unserer ehemaligen Angreifer. Ich habe sein Schiff gefunden. Dann hat er mich gefunden. Dann habe ich seine Schulter gefunden. Und das genügte, um die erste Begegnung zu beenden.«

»Und du hast ihn bis hierher getragen?«

Sie sah Worf durchdringend an. »Du hast heute eine bewundernswerte Begabung, das Offensichtliche zu verkünden, Worf. Woran liegt das?«

»Später«, sagte Worf. »Ist es ein Mensch? Ein Klingone? Oder was?«

»Weder noch«, gestand Soleta ein.

Sie ließ sich auf ein Knie hinab, und der Körper rutschte zu Boden. Er rollte auf die Seite und blieb liegen, alle viere weit von sich gespreizt.

Die Klingonen machten keine Anstalten, ihre Erschütterung zu verbergen. Was Soleta betraf, so war sie entweder nicht überrascht gewesen, oder sie war einfach zu geschickt darin, es zu verbergen.

»Das Antlitz des Feindes«, sagte sie tonlos.

Und dieses Antlitz gehörte einem Mitglied einer sehr vertrauten Spezies, einer Rasse, deren Zahl auf diesem Planeten sich soeben verdoppelt hatte.

Der bewußtlose Angreifer war ein Brikar.

4

»Das ist ein Trick! Das kann ich nicht glauben!« Zak Kebron ging im Quartier der Kadetten auf und ab und sah dabei aus wie eine wandelnde Lawine. Seine dreifingrigen Hände waren zu Fäusten geballt.

Die anderen Starfleet-Kadetten standen um ihn herum und betrachteten ihn mitfühlend.

»Zak…«, begann Worf zum – wie er glaubte – hundertsten Mal.

Aber Zak schenkte ihm nicht die geringste Aufmerksamkeit. Er fuhr zu Soleta herum. »Wie hast du mir das antun können?« fauchte er.

Soletas Gesicht blieb teilnahmslos wie immer. »Ich habe gar nichts getan, Zak, nur meine Pflicht als Starfleet-Kadett. Und ich habe erfolgreich um mein Leben gekämpft.«

»Was wäre dir lieber gewesen, Zak?« fragte Tania. »Daß Soleta getötet wird, damit dein Stolz unversehrt bleibt?«

Einen winzigen Augenblick lang schien er tatsächlich darüber nachzudenken. Dann tat er die Vorstellung natürlich als lächerlich ab. Aber der Stachel dieses Augenblicks blieb bestehen.

»Was soll ich jetzt tun?« fragte er, doch seine Stimme klang nun etwas betroffen. »Seit Wochen liege ich mit den Klingonen im Streit. Sie haben jede meiner Bewegungen mit Mißtrauen verfolgt, und ich die ihren ebenfalls. Und jetzt finden wir diesen angeblichen Angreifer, und er entstammt meinem Volk? Nicht einmal ein Mensch, sondern ein …«

Er hörte mitten im Satz auf, als wäre ihm plötzlich etwas klargeworden.

»Was ist los, Zak?« fragte Worf.

»Er kann kein Brikar sein!« sagte Zak mit wachsender Erregung. »Sein Schiff ist intakt!«

»Es ist *nicht* intakt«, sagte Soleta.

»Ich meine damit nicht, daß es beschädigt ist«, sagte Zak. »Sondern, daß gar nichts mehr von ihm übrig sein sollte. Bei den Brikar ist es üblich, daß ein Pilot sein Schiff vernichtet, wenn er es aus irgendeinem Grund aufgeben muß.«

»Vielleicht hat er gehofft, es reparieren zu können«, wandte Tania ein.

»Aber jetzt haben wir ihn gefangengenommen«, erwiderte Zak hitzig. »Und das Schiff ist noch da. Das beweist schlüssig, daß er kein Brikar sein ka …«

In diesem Augenblick geschah es.

Am Horizont zuckte ein so gewaltiger Blitz auf, daß er durch die geöffnete Tür ihres Gebäudes auszumachen war. Die Kadetten schirmten die Augen gegen die Intensität des Lichts ab. Sekunden später folgte ein Geräusch – laut, aber nicht ohrenbetäubend. Eine geschlossene, aber trotzdem starke Explosion.

Schließlich kam ein heftiger Wind auf und wehte Staub und Steinchen über die verlassenen Straßen der Siedlung auf Dantar IV.

Nachdem der rollende Donner der Detonation verklungen war, schwiegen die Kadetten noch eine Zeitlang.

»Etwas in der Art, Zak?« fragte Worf schließlich.

Zak Kebron antwortete nicht.

Worf betrat das Subraum-Kommunikationsgebäude, in dem der gefangene Brikar gefesselt und noch immer bewußtlos lag. Soleta hatte wegen seiner dicken Haut einen so kraftvollen Nervengriff anwenden müssen, daß es wahrscheinlich noch eine Weile dauern würde, bis er wieder zu Bewußtsein kam.

K'Ehleyr, Gowr und Kodash befanden sich ebenfalls dort. Als Worf sich ihnen näherte, hörte er, daß sie sich erregt in gutturalem Klingonisch unterhielten. Als sie ihn sahen, verstummten sie jedoch sofort.

Die beiden männlichen Klingonen musterten ihn mit einer Mischung aus Argwohn und offener Verachtung. K'Ehleyrs Gesichtsausdruck blieb zurückhaltend und neutral. Um ein Gespräch in Gang zu bringen, sagte sie jedoch: »Deine Soleta leistet gute Arbeit.«

»Sie ist sehr tüchtig«, stimmte Worf bereitwillig zu.

Kodash hingegen war nicht zu Komplimenten oder belanglosen Plaudereien aufgelegt. »Ein Brikar mag noch bewußtlos sein«, sagte er, »aber es besteht kein Grund, weshalb wir den anderen nicht verhören sollten.«

»Ich nehme an«, sagte Worf, »du beziehst dich auf den Starfleet-Kadetten Kebron.«

»Natürlich beziehe ich mich auf ihn!«

»Er hat dir nichts zu sagen«, fuhr Worf fort. »Er hat in dieser Angelegenheit keine Erklärungen abzugeben, abgesehen davon, daß er über das Verhalten eines seiner Artgenossen sehr erzürnt ist.«

»Um Kahless' willen, öffne die Augen, Worf!« schrie Gowr. Wie üblich unterstützte er Kodash. »Es handelt sich eindeutig um eine Verschwörung! Kebron hat mit ihm zusammengearbeitet! Er ist …«

»Er ist in dieser Angelegenheit nicht verdächtig!« sagte Worf geradeheraus.

»Du kannst mir nicht sagen …«

»Falsch, Gowr. Ich kann dir doch etwas sagen. Und du wirst mir zuhören.« Er sah sie der Reihe nach an. »Ich habe den Eindruck«, fuhr er dann fort und wählte jedes Wort mit Bedacht, »daß hier ein Mißverständnis vorliegt. Ich habe bei jeder Gelegenheit versucht, euch gegenüber Zurückhaltung zu üben. Das war wichtig, um den ungestörten Betrieb dieser Anlage aufrechtzuhalten. Ich habe auch meinen Studienkollegen gegenüber betont, wie wichtig diese Zurückhaltung ist, und mit der Ausnahme des Streits zwischen Kodash und Zak haben wir tatsächlich große Selbstbeherrschung gezeigt.

Doch allmählich glaube ich, daß meine Zurückhaltung euch dazu veranlaßt hat, mich zu unterschätzen. Uns alle zu unterschätzen. Ihr glaubt nun, ihr könntet mit uns umspringen, wie es euch gefällt. Dem ist nicht so.«

K'Ehleyr saß auf einer Konsole. Sie zog ein Bein hoch und schlang die Arme darum. Unter den gegebenen Umständen wirkte sie bemerkenswert lässig. »Ich nehme an, du möchtest auf einen bestimmten Punkt hinaus?« fragte sie.

»Auf zwei«, berichtigte Worf sie. »Erstens möchte ich klarstellen, daß wir nicht schwach sind und auch vor einem Kampf nicht zurückschrecken werden. Zweitens werdet ihr Zak Kebron wegen der Abstammung unseres Gefangenen keine Vorwürfe machen.«

»Aber er …«, begann Kodash.

»Keine Vorwürfe«, wiederholte Worf, und aus jeder Silbe konnte man kaum beherrschte Wut heraushören. »Keine gehässigen Bemerkungen. Keine Andeutungen. Keine voreiligen Schlüsse. Nicht einmal einen unpassenden Blick. Er trägt an dieser … Situation keine Schuld. Er ist darüber bestürzter als jeder andere. Und ihr werdet diesen Zustand nicht noch verschlimmern, indem ihr Zak Kebron mit grausamen und gefühllosen Bemerkungen peinigt. Das werde ich nicht tolerieren. Ist das ebenfalls klar?«

Es folgte ein langes, schales Schweigen.

»Völlig«, sagte K'Ehleyr dann.

Gowr riß den Kopf zu ihr herum. Er wollte zweifellos protestieren. Doch dann sah er den Blick in K'Ehleyrs Augen und überlegte es sich anders. Kodash schwieg weiterhin.

In diesem Augenblick bewegte sich der gefangene Brikar.

Sofort richteten sämtliche Klingonen die Aufmerksamkeit auf ihn.

Der Brikar-Krieger stöhnte und schüttelte den Kopf. Sein Hals war völlig steif. Automatisch wollte er ihn reiben, doch er konnte die Hände nicht bewegen. Diese Erkenntnis überraschte ihn zuerst. Als er dann die Fesseln spürte, mit denen seine Hände auf den Rücken gebunden waren, dämmerte es ihm allmählich.

Er brüllte unartikuliert auf und warf sich hin und her. Es war eine ziemlich bemerkenswerte Vorstellung, aber abgesehen davon, daß er bei den Klingonen eine gewisse Erheiterung hervorrief, erreichte er damit gar nichts.

»Schonen Sie lieber Ihre Kräfte«, sagte K'Ehleyr

zu ihm. »Sie werden Sie brauchen, wenn Sie unsere Fragen beantworten.«

Der Brikar sah auf und bemerkte sie zum erstenmal. Sein Blick glitt über sämtliche Klingonen und hielt verwirrt inne, als er den Brikar in der Starfleet-Uniform sah. Offensichtlich war dies eine ziemlich ungewöhnliche Mischung.

»Ich werde Ihnen gar nichts sagen«, erwiderte der Brikar. »Wo ist die Vulkanierin? Ich habe mit ihr noch ein Hühnchen zu rupfen.«

»Da unten auf dem Boden können Sie überhaupt nichts rupfen«, tat Worf seine Bemerkung ab. »Außerdem scheinen Sie nicht viel von Verhandlungstechniken zu verstehen.«

»Fürwahr, Worf«, warf K'Ehleyr ein und klang dabei fast traurig. »Er sagt, er wird uns nichts geben, während er gleichzeitig etwas von uns haben will.«

»Oh, er wird etwas von uns bekommen«, sagte Worf. »Paßt auf ihn auf, während ich meine Leute hole. Und dann, Brikar …« Er kniete nieder, bis sein Gesicht fast auf gleicher Höhe mit dem des Gefangenen war. »Und dann, das versichere ich Ihnen, werden Sie viel mehr bekommen, als Sie sich erhofft haben.«

5

Der Brikar war von Gowr und Kodash hochgezogen, an eine Wand gelehnt und dann auf einen Stuhl plaziert worden. Er saß da und funkelte sie wütend an.

Zak erwiderte seinen Blick aus einem Meter Entfernung.

Die anderen standen in der Nähe und ließen die beiden nicht aus den Augen. Zak schien seine Selbstbeherrschung wiedergefunden zu haben. Nachdem er die Wahrheit nicht länger hatte abstreiten können, war er in eine so rasende Wut gefallen, daß sie eine Weile befürchtet hatten, er würde den Gefangenen töten, falls er an ihn herankommen sollte. Doch nun hatte sich eine seltsame Ruhe über ihn gesenkt, Worfs Ansicht zufolge eine tödliche Ruhe. Es wäre ihm fast leichter gefallen, mit einem tobenden Brikar fertigzuwerden. Nun war er ein schwelender Vulkan, der jeden Augenblick explodieren konnte.

»Wer sind Sie?« fragte Zak.

Der Brikar sagte nichts.

Zak wiederholte die Frage, diesmal in der Sprache der Brikar. Der Gefangene sagte noch immer nichts. Kebron fiel wieder in das Standard. »Ich bin Zak Kebron vom Klan Kebron. Welchem Klan gehören Sie an?«

Nichts.

»Ich führe ein formelles Verhör durch und frage

Sie nach Ihrem Rang und Status in der Gesellschaft der Brikar«, fuhr Zak fort. »Wenn Sie mir nicht antworten, bin ich berechtigt, eine Todesherausforderung auszusprechen.«

»Dann töten Sie mich doch«, sagte der gefangene Brikar trotzig. »Töten Sie mich, falls Sie dazu imstande sind. Dann sind Sie Ihren Antworten keinen Schritt nähergekommen, und ich muß zumindest nicht mehr dem Winseln eines Föderationswerkzeugs zuhören, das vorgibt, ein echter Brikar zu sein.«

Worf warf Zak einen Blick zu. Zak rührte sich nicht. Die Worte schienen einfach zum einen Ohr hinein- und zum anderen wieder hinausgegangen zu sein.

»Sie sind ein Terrorist«, sagte Zak dann. »Ein Terrorist und ein unabhängiger Schiffsführer. Eine Schande für die Brikar.«

»Wenn Sie hoffen, daß ich Ihre Worte bestätige oder abstreite, können Sie lange warten«, erwiderte der Brikar. »Ihre Beleidigungen sind Luft für mich, Kebron. Sie sind es nicht wert, daß ich Sie überhaupt beachte.« Er drehte den großen Kopf, bis er Soleta ansah. »Mit Ihnen hingegen, Vulkanierin, werde ich noch abrechnen. Ich versichere Ihnen, ich vergesse nie etwas.«

»Wie die meisten Elefanten«, warf Tania scharf ein.

Worf trat zurück und schätzte die Lage ab. Er gab K'Ehleyr ein Zeichen. Sie trat zu ihm, und die beiden wandten sich von dem Brikar ab.

»Der Brikar scheint nicht mit uns kooperieren zu wollen«, stellte Worf fest.

»Das überrascht mich nicht.«

Plötzlich hörte sie hinter sich ein lautes Geräusch. Sie fuhren herum.

Soleta, Tania und Kodash versuchten, Zak von dem Gefangenen zurückzuzerren. Der Brikar lag auf dem Boden; der tobende Kebron mußte ihn umgestoßen haben. »Sie wagen es, mich einen Verräter zu nennen!« schrie Zak Kebron. »Sie sind der Verräter!«

»Ich bin, was ich bin, Kebron«, erwiderte der Gefangene. »Im Gegensatz zu Ihnen bin ich ein echter und kein nachgemachter Brikar!«

Soleta versuchte, Zak zu beruhigen. Sie zog ihn in eine Ecke hinüber und flüsterte eindringlich auf ihn ein. Er wollte wieder zu dem auf dem Boden liegenden Brikar hinübersehen, der von Gowr und Mac wieder auf seinen Stuhl gesetzt wurde, doch Soleta nahm seinen Kopf zwischen beide Hände und zwang ihn, sie anzusehen.

»Hör mir zu, Worf«, sagte K'Ehleyr leise und eindringlich. »Ich weiß, was du jetzt sagen wirst. Aber es wäre Wahnsinn, auf diese Art und Weise weiterzumachen. Laß mich, Gowr und Kodash eine Stunde mit ihm allein.«

»Nein.«

»Dann eine halbe Stunde.« Sie entblößte ihre Zähne. »Wir werden alles in Erfahrung bringen, was er weiß. Er wird darum betteln, uns sagen zu dürfen, was wir wissen wollen.«

»Nein«, wiederhole er energischer.

»Nun gut. Was schlägst du also vor, Worf?« Ihre Geduld war eindeutig erschöpft. »Willst du warten, bis er sich dermaßen langweilt, daß er uns die Informationen freiwillig gibt? Verdammt noch mal, Worf!« Ihre Stimme wurde lauter. »Er hat die Vulkanierin töten wollen! Wenn es nach ihm ginge, würden wir ihr bald folgen. Dieses Geschöpf verdient keine Sonderbehandlung. Warum verhätschelst du ihn? Was für ein Klingone bist du?«

»Ich«, sagte er hitzig, und es war ihm egal, ob die anderen ihn hörten oder nicht, »bin ein Starfleet-Kadett. Meine Studienkollegen haben mich zum Gruppenführer ernannt. Ich werde nicht dulden, daß ein Gefangener gefoltert wird. Nicht, solange es noch andere Möglichkeiten gibt.«

»Es gibt keine anderen Möglichkeiten.«

Zu ihrer Überraschung trat Mac zwischen sie. »Ein raffinierter Plan«, flüsterte er leise.

Worf betrachtete ihn hoffnungsvoll. »Ja?«

Mac nickte nachdrücklich. »Ein so gerissener Plan, daß er glatt verboten werden müßte.«

»Und der wäre?« fragte K'Ehleyr.

»Was wäre?« fragte Mac.

Worf bemühte sich, nicht die Geduld zu verlieren. »Der gerissene Plan. Wie sieht er aus?«

Mac zeigte mit dem Daumen auf Soleta. »Sie kann es schaffen. Soleta schafft es bestimmt.«

»Was schafft sie?«

»Die vulkanische Mentalverschmelzung. Soleta kennt sich mit dem Mentalkontakt aus. Deshalb gelingt es ihr auch so gut, die Leute zu beruhigen und dafür zu sorgen, daß sie sich besser fühlen. Der Mentalkontakt steht nur eine Stufe unter der vollständigen Mentalverschmelzung. Sie wird es schaffen.«

Worf und K'Ehleyr sahen einander an und musterten dann wieder Mac. »Seit wann bist du ein Experte für vulkanische Mentaltechniken?«

»Ich habe vor drei Jahren einen Aufsatz darüber

gelesen.« Er runzelte die Stirn und kratzte sich am Kinn. »Oder vielleicht auch geschrieben. Laßt mich mal nachdenken …«

»Schon gut. Soleta!« rief Worf.

Die Vulkanierin kam langsam näher. »Ich weiß, worum du mich bitten willst«, sagte sie. »Ich habe Macs … Vorschlag gehört.« Sie betrachtete McHenry, und obwohl ihr Gesicht so unbewegt wie immer blieb, schien sie von dem Vorschlag nicht besonders angetan zu sein. »Worf, ich würde eine andere Methode vorziehen.«

»Ich bin für jeden Vorschlag dankbar«, sagte Worf. »K'Ehleyr ist der Ansicht, daß wir einfach auf Folter zurückgreifen sollten. Kommt dir das akzeptabel vor?«

Sie sah ihn einen Moment lang an und senkte dann – überraschenderweise – den Blick. »Diese Frage ist überflüssig. Du weißt, daß ich solch ein Vorgehen abstoßend finde.«

»Soleta, ich würde dich nicht zwingen …«

Sie sah wieder zu ihm hoch, und ihr Blick war hart und kompromißlos. »Das könntest du auch nicht. Auch wenn du ein Raumschiffkommandant wärest und ich deine Untergebene, würde solch ein Befehl deine Befugnisse überschreiten.«

Worf sagte nichts.

Soleta schien in sich hineinzulauschen. Normalerweise hatte sie keine Schwierigkeiten, sich auszudrücken, doch in diesem Fall gelang es ihr offensichtlich nicht auf Anhieb, die richtigen Worte zu finden. »Die vulkanische Mentalverschmelzung ist … keine einfache Technik. Man braucht viele, viele Jahre der Übung, um sie zu beherrschen. Ich gestehe ein, daß meine Lehrer auf Vulkan mich in dieser Hinsicht für eine Art Wunderkind hielten. Sie sind der Ansicht, ich hätte eine natürliche Begabung dafür. Dennoch bin ich nicht völlig von meiner… Befähigung überzeugt. Und bei einer Mentalverschmelzung ist der Geisteszustand desjenigen, der den aktiven Part übernimmt, von ausschlaggebender Bedeutung.«

»Hast du Angst?« In Worfs Worten lag nicht der geringste Vorwurf.

»Angst?« Sie schüttelte den Kopf. »Natürlich nicht.«

»Wir haben nicht daran gedacht«, sagte K'Ehleyr und klang dabei leicht sarkastisch, »daß Vulkanier sich mit so geringfügigen Sorgen wie Angst nicht belasten.«

Soleta antwortete, ohne sie anzusehen. »Mangel an Furcht ist eine Sache, K'Ehleyr. Das bedeutet jedoch nicht, daß ich mir keine Gedanken um meine Selbsterhaltung mache. Die ideale Grundlage für eine Mentalverschmelzung ist gegeben, wenn beide Teilnehmer dazu bereit sind. Es ist eine Form von Kommunikation. Die Mentalverschmelzung bei einem Verhör einzusetzen, könnte man damit vergleichen, jemandem mit einem Meißeln den Schädel aufzubrechen. Dieses Vorgehen ist zwar möglich, aber ursprünglich hatte die Mentalverschmelzung einen ganz anderen Sinn, und die Konsequenzen können für beide Parteien fürchterlich sein. Der Brikar hat eine starke, wilde Persönlichkeit. Ein erfahrener Verschmelzer könnte schaffen, was du verlangst, aber es wäre schwierig. Und ich, ein Neuling…«

Und nun drehte sie sich um und sah K'Ehleyr an. »Falls ich eine Mentalverschmelzung eingehe, um

Informationen zu bekommen, setze ich mich einem großen Risiko aus und verrate den ursprünglichen Sinn der Technik. Wenn ich mich andererseits weigere und zulasse, daß ihr die Informationen aus ihm herausprügelt, mache ich mich an diesem brutalen Vorgehen mitschuldig. Das ist die Wahl, die ihr mir auferlegt. Ich möchte, daß ihr das versteht. Ich möchte, daß ihr beide es versteht.«

Worf nickte einfach. Er konnte nichts dazu sagen.

6

Soleta legte die Fingerspitzen gegeneinander und sah über sie hinweg auf das finster blickende Gesicht des Brikar. Sie schloß die Augen, als hoffe sie, daß die Antwort auf den Innenseiten ihrer Lider geschrieben stand. Dann atmete sie langsam und ruhig aus.

Als sie den Brikar erneut betrachtete, lag etwas in ihrem Blick, das dem Gefangenen ganz und gar nicht gefiel.

»Haltet sie von mir fern«, sagte er heftig.

Soleta hatte ihn entweder nicht gehört, oder sie schenkte ihm keine Beachtung. Sie näherte sich ihm langsam und zögernd, als wolle sie ihn abschätzen. Der Brikar hatte nicht die geringste Ahnung, was sie beabsichtigte. Er schaute von den Klingonen zu den Kadetten und dann wieder zu Soleta.

Die Vulkanierin schien wieder in sich hineinzulauschen. Ihr Atem wurde immer langsamer. Sie hatte die Aufmerksamkeit nun völlig auf den Brikar gerichtet.

»Sagen Sie uns, was wir wissen wollen, Brikar«, sagte Worf.

»Du kannst mich mal!«

Soleta war nur noch ein paar Zentimeter von ihm entfernt. Der Brikar sah unsicher zu ihr hoch. »Ich habe keine Angst vor dir, Vulkanierin!« sagte er, aber es klang nicht überzeugend.

Sie griff mit weit gespreizten Fingern nach seinem Gesicht. Ihr Blick war nicht mehr auf seine Augen gerichtet. Statt dessen schien sie nun eine Stelle an seinem Hinterkopf zu mustern, als sähe sie einfach durch ihn hindurch.

Der Brikar war an Händen und Füßen straff an den schweren Stuhl gefesselt. Die Schnüre waren molekularverdichtet; normalerweise benutzte man sie, um schwere Geräte festzuzurren. Er stemmte sich gegen sie, konnte sie aber nicht zerreißen. »Laßt sie nicht an mich ran!« rief er.

Aber er konnte den Blick nicht von ihren Augen wenden. Seine Augen schienen zu lodern. Die ihren waren unnachgiebig. Er versuchte, sie allein mit seiner Willenskraft zurückzutreiben, wußte jedoch, daß es ihm niemals gelingen würde.

Soleta hob die Hände und berührte sein Gesicht. Er zuckte leicht zusammen, als wären ihre Finger elektrisch geladen. Er versuchte, vor ihr zurückzuweichen, konnte sich jedoch um keinen Zentimeter bewegen und war Soletas forschendem Blick hilflos ausgeliefert.

»Unser beider Bewußtsein verschmilzt«, flüsterte sie ganz leise, so leise, daß man sie kaum verstehen konnte.

Sein Mund bewegte sich. Er wollte »Nein!« sagen, doch kein Ton kam über seine Lippen.

»Deine Gedanken sind die meinen«, intonierte Soleta. »Deine Gedanken sind die meinen. Was du weißt, weiß ich auch.«

Der Brikar hatte die Augen so weit aufgerissen, daß Worf glaubte, sie würden jeden Moment aus seinem Gesicht springen.

»Ich bin … Soleta«, sagte sie. Während sie ihre gespreizten Finger auf sein Gesicht drückte, stieß

ihr Bewußtsein vor, begegnete Barrieren und versuchte, sich an ihnen vorbeizuschieben. Bevor sie in Erfahrung bringen konnte, was sie wissen wollte, mußte sie ihren Geist in seinem Verstand etablieren. Sie mußte vorsichtig vorgehen. »Ich bin Soleta. Ich bin …«

»So … Soleta …«, sagte der Brikar.

»Ich bin Soleta.« Beide hatten den Satz gleichzeitig ausgesprochen, und dann ging sie noch einen Schritt weiter. »Wir sind … Soleta. Wir sind Soleta.«

Er versuchte, Widerstand zu leisten, doch es dauerte nur einen Augenblick, bis er im Einklang mit ihr brummte: »Wir sind Soleta.«

»Wir sind …« Diesmal vollendete sie den Satz nicht. Sie wartete eindeutig darauf, daß er seinen Namen nannte. »Wir sind …«, wiederholte sie ruhig.

»Soleta«, soufflierte Mark McHenry bereitwillig. Tania bedeutete ihm, still zu sein.

Der Brikar leistete Widerstand, doch nachdem Soleta ihren Weg einmal eingeschlagen hatte, ließ sie sich nicht mehr von ihm abbringen. »Wir … *sind* …«

Er versuchte ein letztes Mal, Widerstand zu leisten, und dann schrie er den Namen förmlich heraus. *»Wir sind Baan«,* keuchte er.

Soleta atmete tief aus. Es schien sie erschöpft zu haben, diese relativ unbedeutende Information aus ihm herausgeholt zu haben. Doch dann sammelte sie sich wieder und stieß tiefer vor. Ihre Finger waren starr. Nun hatte es den Anschein, man müsse sie abbrechen, wollte man sie vom Gesicht des Brikar lösen, von dem sie nun wußten, daß er Baan hieß.

Ihre Stimme war erbarmungslos. »Wir sind nach Dantar IV gekommen, weil …«

»Wir kamen … mit einem … Auftrag«, sagte er. Obwohl er die Augen weit aufgerissen hatte, sah er niemandem im Raum an.

»Und der Auftrag lautete …«

Sein Mund zuckte.

»Und der Auftrag lautete …«, wiederholte Soleta. Man erkannte, unter welcher Anspannung sie stand, denn in ihren Worten schien tatsächlich ein Gefühl mitzuschwingen.

»Versteckte … Basis …«

Worf atmete scharf ein, als er diese Worte hörte. Er sah K'Ehleyr an, die nicht minder erstaunt war. »Frag ihn, wo sie ist!« sagte der Klingone.

Doch Soleta befolgte den Befehl nicht. Wahrscheinlich hatte sie ihn nicht einmal gehört. »Warum?« fragte sie. »Warum die Angriffe? Warum …«

Und dann gab sie selbst die Antwort. Ihre Finger, die nun so hart wie Stahlnägel zu sein schienen, begannen zu zittern. Sie hatte die Lider so fest zusammengedrückt, daß Tränen ihr Gesicht hinabliefen. Als sie fortfuhr, war ihre Stimme fast so tief wie die des Brikar. Baans Mund bildete zwar die Worte, doch sie kamen über Soletas Lippen.

»Die Brikar wollen … Erlaubnis für unbegrenzte Expansion …«, sagte Soleta-Baan. »Gedroht, sich von Föderation … zu lösen … Jahre der Planung … gründeten … gründeten …«

Soleta hielt inne und atmete dann so tief ein, daß sie vor Schmerz fast aufschrie. Worf setzte sich in Bewegung, um der Sache ein Ende zu machen, doch Tania und Mac verhinderten dies, indem sie ihn an den Armen festhielten.

»Das würde ich dir nicht raten«, sagte Mac.

Tania nickte. »Es könnte gefährlich sein, die Mentalverschmelzung zu unterbrechen. Wie bei einem Taucher, den man zu schnell an die Oberfläche zurückholt. Vielleicht wird ihr dann … nun ja … geistig übel.«

Worf sah wieder zu Soleta.

Die Vulkanierin schrie das Wort ›gründeten‹ praktisch hinaus, als wäre es eine Blockierung, die sie überwinden mußte. »Gründeten …« Und dann sprudelten die Worte nur so hinaus. »Gründeten … verborgene Basen an der Grenze des Föderationsraums. Die wichtigste auf Dantar IV … sie ist … sie ist …«

Ihr Körper verkrampfte sich vor Anstrengung, und sie schrie auf. Es war schrecklich anzuhören, wie die stets beherrschte, ruhige Soleta aufschrie, als zerre man ihre Seele aus ihrem Körper.

Worf konnte es nicht mehr mitansehen. Er riß sich von seinen Studienkollegen los, lief zu Soleta und zerrte sie von dem Brikar zurück. Ihre Arme blieben starr, ihre Finger gespreizt. Sie deutete mit nichts an, daß sie mitbekommen hatte, daß der Kontakt unterbrochen war.

»Sie atmet nicht mehr! Ihr Atem hat ausgesetzt!« rief Zak Kebron.

Er hatte sich nicht getäuscht. Sie war völlig gelähmt, als hätte ihr Körper sich einfach abgeschaltet.

Worf ließ sie zu Boden gleiten und schob ihren Kopf zurück, damit sie ungehindert atmen konnte.

Der Brikar hatte sich mittlerweile etwas erholt. Vernunft kehrte allmählich in seine Augen zurück, und es hatte den Anschein, als erwache er aus einem tiefen Traum.

Worf wollte neben Soleta niederknien und bemerkte dann, daß sie ihren Blick auf ihn gerichtet hatte.

»Worf…«, sagte sie leise.

»Ich… du hast nicht mehr geatmet…«

»Ich war in Trance, Worf«, erklärte sie. »Ich habe geatmet, aber viel langsamer als normal. Ich wollte mich allmählich aus der Mentalverschmelzung lösen. So etwas kann man nicht wie mit einem Knopf aus- und einschalten.«

»Oh.« Etwas anderes fiel ihm nicht ein.

»Würdest du so freundlich sein, mir aufzuhelfen?«

Er trat zurück, ergriff Soletas Hand und zog sie hoch. Sie drückte die Hände auf ihr Gesicht, um sich zu beruhigen, und fühlte die Nässe auf ihren Wangen. Es gelang ihr ausgezeichnet, ihre Überraschung zu verbergen. »Ich… habe doch nicht geweint?« fragte sie unsicher.

Tania schüttelte den Kopf. »Nur ein Reflex. Du hast die Lider so fest zusammengedrückt, daß die Tränendrüsen angeregt wurden. Eine rein biologische Sache. Keine gefühlsmäßige.«

Soleta nickte, als hätte sie gewußt, wie es sich zugetragen hatte. »Daran hege ich keinerlei Zweifel.«

Nachdem sie sich um Soletas Wohlergehen gekümmert hatten, richteten sie die Aufmerksamkeit wieder auf den Gefangenen.

Baan schaute zu den stirnrunzelnden Gesichtern Worfs, Zaks und der anderen hoch, aber ein Großteil des vorherigen Trotzes war aus seinem Gesicht verschwunden.

Zak brach das Schweigen als erster. »Seien Sie gegrüßt, Baan. Wie schön, daß wir jetzt wissen, mit wem wir es zu tun haben.«

»Sie haben uns viel von dem verraten, was wir wissen wollen«, sagte Worf. »Die einzige Frage lautet nun... wie leicht wollen Sie es sich nun machen?«

»Warum spielt das für Sie überhaupt eine Rolle?« schnaubte Baan. Doch er wirkte verunsichert, und Worf vermutete, daß Baan nur eine sehr verschwommene Erinnerung an das gerade Geschehene hatte.

Baan war aus dem Gleichgewicht geworfen worden und damit verletzlich. Nun war genau der richtige Augenblick, auch noch den Rest von ihm in Erfahrung zu bringen.

»Für mich spielt das nicht die geringste Rolle«, sagte Worf und versuchte, äußerst lässig zu klingen. »Schließlich wissen wir jetzt von der verborgenen Basis und Ihren Versuchen, zu ihr zu gelangen. Wir wissen von Ihrem Auftrag, die Kolonisten loszuwerden, entweder, in dem Sie sie vertreiben, oder indem Sie sie einfach töten, um sich Zutritt zu der Basis verschaffen zu können.«

Worf stellte natürlich nur Vermutungen an, die auf seinen Schlußfolgerungen angesichts des gerade Gehörten basierten. Das wußte Baan jedoch nicht. Und sein schockierter Gesichtsausdruck war Worf Bestätigung genug, daß er mit seinen Vermutungen ins Schwarze getroffen hatte.

Er versuchte, den Vorteil auszunutzen. »Wenn Sie wollen, können Sie uns den Rest freiwillig sagen. Oder wir lassen Soleta noch einmal auf Sie los.«

Das war natürlich ein Bluff. Worf hatte bereits den Entschluß gefaßt, daß er seine vulkanische Studienkollegin auf keinen Fall noch einmal dieser Belastung aussetzen würde. Aber das wußte Baan natürlich nicht.

Und Soleta auch nicht. Sie war jedoch Vulkanierin und damit eine Expertin, wenn es darum ging, ihre Gefühle für sich zu behalten. Ihr Gesicht blieb ausdruckslos. Sie machte durchaus den Eindruck, noch einmal imstande zu sein, in den Geist des Brikar einzudringen und wie eine Latinumschürferin die gewünschten Informationen herauszuholen.

Worf beugte sich hinab, bis sein Gesicht nur noch ein paar Zentimeter von dem des Brikar entfernt war, und nickte Soleta zu.

»Werden Sie sprechen, oder muß ich sie erneut auf Sie ansetzen? Auch wenn Sie nicht reden, werden wir die gewünschten Informationen bekommen. Und Sie werden danach die geistige Beweglichkeit einer Topfpflanze haben. Es ist Ihre Entscheidung, Baan von den Brikar. Wägen Sie sorgfältig ab.«

Brikar schwitzen nicht. Aber würden sie schwitzen, wäre Baan in diesem Augenblick das Wasser kübelweise aus den Poren geströmt.

Worf zuckte mit den Achseln. »Nun gut. Soleta?«

Er bedeutete ihr, zu ihnen zu kommen. Sie zögerte keine Sekunde lang und näherte sich dem Brikar mit gespreizten Fingern. Sie sah aus, als wäre sie imstande, einfach in Baans Kopf greifen, sein Gehirn herausschaufeln und es untersuchen zu können.

»Schon gut!« rief Baan. »Schon gut! Aber halten Sie sie von mir fern!«

Worf hob eine Hand, und Soleta blieb stehen. »Soleta, es wird nicht nötig sein.«

Zu Worfs Überraschung gelang es ihr tatsächlich, eine Miene der bitteren Enttäuschung aufzusetzen. »Bist du sicher?« fragte sie scharf.

»Im Augenblick schon.«

Sie reizte ihr Blatt bis zum äußersten aus. »Sie sollten mich nicht hänseln, Mr. Worf. Sie wissen, daß ich nur wenige echte Vergnügungen habe. Und ich habe schon *so lange* kein Verhör durchgeführt.«

Vulkanier lügen nicht. Soleta hatte auch in diesem Fall nicht gelogen. Es gab wirklich nicht viel, was ihr Freude bereitete, denn der Begriff ›Vergnügen‹ ließ sich auf Vulkanier eigentlich nicht anwenden. ›Erfüllung‹ wäre die zutreffendste Bezeichnung gewesen. Und da Soleta in Wirklichkeit noch *nie* jemanden mit Hilfe der Mentalverschmelzung verhört hatte, hatte sie genau genommen auch nicht die Unwahrheit gesprochen, als sie sagte, es wäre schon *so lange* her.

Doch sie hatte mit einem so aufrichtigen Tonfall gesprochen, daß der Brikar nun sichtbar zitterte. Dies stellte einen starken Gegensatz zu Tanias Verhalten dar, die hinter Baan stand und von diesem nicht gesehen werden konnte. Sie hielt eine Hand vor den Mund, und ihre Schultern zuckten vor Erheiterung. Mark McHenry hatte nicht ganz mitbekommen, was hier gespielt wurde, und sah Soleta erstaunt an. Zak hatte ihnen den Rücken zugewandt, und sie konnten seine Reaktion nicht beobachten.

Worf setzte ein Pokergesicht auf. »Wenn er nicht uneingeschränkt kooperiert, werde ich Ihnen erlauben« – er hielt inne und suchte nach den richtigen Worten –, »das zu tun, was Sie für richtig halten.«

»Danke, Mr. Worf«, sagte Soleta. Sie nickte leicht und trat zurück.

»Ich werde kooperieren, das verspreche ich Ihnen«, sagte der Brikar.

»Gut.« Worf verschränkte die Arme vor der Brust und wartete.

Der Brikar seufzte. »Alles, was Sie gesagt haben, stimmt. Ich hatte den Auftrag, die Kolonisten von diesem Planeten zu vertreiben. Mein Schiff wurde eigens für diese Aufgabe entworfen. Es verfügt über eine klingonische Bauweise, aber über Waffen, wie sie von der Föderation benutzt werden. Wir wollten die Kolonisten einfach loswerden, ganz egal, wie. Ob wir nun Streit unter ihnen entfachten oder den Planeten unbewohnbar machten… das spielte keine Rolle. Wir haben jedoch keinen offenen Angriff gewagt, aus Angst, wir würden die Aufmerksamkeit der Föderation auf unsere Aktivitäten richten, bevor wir bereit sind.

Ja, auf diesem Planeten befindet sich eine verborgene Basis. Als wir sie anlegten, gab es die Kolonie noch nicht. Da dieser Teil von Dantar einer der lebensfreundlicheren ist, war es ganz logisch, daß wir die Basis hier errichtet haben. Leider war es ebenso logisch, daß sich auch die Kolonisten hier niederließen.

Der verborgene Eingang zur Basis befindet sich unter dem Gebäude, das die Hauptgeneratoren der Kolonie beherbergt. Leider kann er nur mit Hilfe eines Signalgeräts geöffnet werden, das sich in meinem Schiff befand, eines Geräts, das bei meiner Bruchlandung zerstört wurde. Ich hatte gehofft, es reparieren zu können, doch es gelang mir nicht. Ich schaffte es mit Müh und Not, überhaupt am Leben zu bleiben. Doch nachdem ich das Gerät nach mehreren Tagen noch immer nicht repariert hatte und meine Vorräte zur Neige gingen, habe ich einen Notruf ausgeschickt. Kurz darauf« – er sah Soleta haßerfüllt an – »tauchte *sie* dann auf.«

»Diese Basis«, sagte Worf. »Was befindet sich darin?«

»Hauptsächlich Waffen. Alles, was nötig ist, um Dantar IV zu einem strategisch wichtigen Militärposten auszubauen, besonders für Guerillaeinsätze.«

»Auch eine Subraum-Funkanlage?«

»Natürlich«, sagte Baan. Er klang dabei etwas verächtlich.

»Wie stark?«

»Äußerst stark. Wenn Sie wollen, können Sie damit eine Nachricht in die Andromeda-Galaxis schicken.«

»Wir könnten Hilfe rufen«, sagte Tania leise. »Wir könnten einen Notruf direkt ins Föderationsgebiet schicken.«

Worf nickte und fuhr mit der Hand über sein Kinn. »Wie verschaffen wir uns Zutritt?«

Als Baan ihn ansah, flackerte seine alte Verachtung wieder auf. »Sind Sie taub, Klingone? Das habe ich Ihnen doch schon erklärt: mit Hilfe eines kleinen Signalgeräts, das nicht mehr funktioniert.«

Nun trat Tania vor. »Wie funktioniert ... wie hat dieses Gerät funktioniert?«

»Mehrere unterschiedliche Tonfrequenzen, die nach einem bestimmten Kode angeordnet sind.«

»Kennen Sie diesen Kode?«

Baan schüttelte den Kopf. »Nein, aber wenn Sie wollen, kann ich Sie zu dem Eingang bringen. Ich werde Sie, falls Sie es wünschen, sogar in die Basis begleiten.«

Worf betrachtete ihn argwöhnisch. »Plötzlich scheinen Sie ganz versessen darauf zu sein, uns zu helfen.«

»Ich verspüre genausowenig den Wunsch, hier den Rest meiner Tage zu verbringen, wie es bei Ihnen der Fall ist.«

Worf betrachtete ihn weiterhin. »Was ist mit den Kolonisten passiert?« wechselte er dann plötzlich das Thema.

»Sie haben den Planeten verlassen.« Baan warf ihm einen seltsamen Blick zu. »Sie waren dabei. Sie haben es selbst gesehen.«

»Aber mittlerweile hätten schon längst Rettungsschiffe eintreffen müssen. Das ist nicht der Fall. Was ist also mit ihnen passiert? Haben Sie irgendeine Vermutung?«

»Eine Vermutung? Vielleicht sind sie in ein Schwarzes Loch geflogen. Vielleicht wurden sie vom Fragment eines Energiephänomens in Scheiben geschnitten. Vielleicht sind ihre Triebwerke explodiert. Vielleicht wurden sie von den Romulanern abgefangen. Ich habe viele Vermutungen, Klingone. Welchen Sinn hat es, Vermutungen anzustellen? Ich weiß nicht mehr über ihr Schicksal als Sie auch. Falls das nicht die Antwort ist, die Sie gern gehört hätten, ist das wohl eher Ihr Problem als das meinige.«

»In der Tat. Da Sie damit zweifellos Recht haben, Baan, gehe ich davon aus, daß Sie noch eine Weile hierbleiben werden. Nachdem es uns gelungen ist, in die verborgene Basis einzudringen, Hilfe zu rufen und unsere Rettung zu gewährleisten, werden wir Sie freilassen.«

»Sie sind ein Narr!« schnappte der Brikar. »Ohne

meine Hilfe kommen Sie nie in die Basis hinein! Es ist Wahnsinn, mein Angebot zurückzuweisen, Ihnen Hilfe zu leisten!«

Worf kniff die Lippen zusammen. »Wenn das nicht die Antwort ist, die Sie gern gehört hätten, ist das wohl eher Ihr Problem als das meinige.«

Der Brikar schnaubte wütend, als er es mit gleicher Münze heimgezahlt bekam.

Als wäre Baans Gegenwart plötzlich bedeutungslos geworden, winkte Worf den anderen zu, ihm hinaus zu folgen. K'Ehleyr befahl Gowr, den Brikar zu bewachen, und kurz darauf standen alle anderen vor dem Gebäude. Einige von ihnen waren kaum imstande, ihre Erregung zu verbergen.

»Was für ein Streich!« rief Tania. »Wenn es uns gelingt, diese verborgene Basis zu finden, hat sich letztlich alles doch noch gelohnt.«

»Freue dich nicht zu früh«, warnte Worf sie. »Zuerst einmal müssen wir die Basis finden. Dann müssen wir noch in sie hineinkommen.«

»Darüber würde ich mir keine allzu großen Sorgen machen«, erwiderte Tania. »Die ganze Zeit über, die wir hier herumsitzen, sind wir bald verrückt geworden, weil wir überhaupt nichts erreichen konnten. Nun, das hat sich jetzt geändert. Das ist genau die Herausforderung, die wir brauchen.«

»Dann mach dich an die Arbeit«, sagte Worf.

Sie salutierte, aber eher auf veräppelnde Art und Weise, da militärische Grüße in Starfleet kaum verlangt wurden. Sie bedeutete Mark, ihr zu folgen, und die beiden gingen zu dem Gebäude, in dem Tania den Großteil ihrer technischen Basteleien durchführte.

Worf drehte sich zu Soleta um. »Bist du in Ordnung?« fragte er. Da Baan sie nicht hören konnte, bestand kein Grund, seine Besorgnis um sie zu verbergen.

Sie nickte. »Ich habe mich ... erholt«, sagte sie bedacht. »Mach dir keine Sorgen um mich, Worf. Es war nicht die angenehmste Erfahrung meines Lebens, und ich verspüre keinen überwältigenden Drang, sie zu wiederholen, aber ich werde darüber hinweggekommen.«

»Daran hatte ich keinen Zweifel«, erwiderte er.

Zak Kebron stand etwas abseits und schenkte der Unterhaltung kaum Beachtung. Die neuesten Enthüllungen hatten ihn furchtbar aufgewühlt. Als Worf zu ihm trat, schaute er nicht auf, als würde er sich nicht besonders auf das bevorstehende Gespräch freuen.

»All diese Dinge, die Baan gesagt hat ... über die zunehmenden Feindseligkeiten mit der Föderation ...«, begann Worf vorsichtig.

Zak hatte keine Geduld, wie eine Katze um den heißen Brei zu schleichen. »Du möchtest wissen, ob es stimmt«, sagte er geradeheraus. »Und falls es stimmt, möchtest du wissen, warum ich nichts davon gesagt habe.«

Worf nickte.

Zak seufzte. Er stellte fest, daß K'Ehleyr und Kodash in der Nähe standen und mithören konnten. Er hätte versuchen können, sie zu verscheuchen, seinen Ärger an ihnen auszulassen. Aber welchen Sinn hätte das gehabt?

»Es hat Gerüchte gegeben«, sagte er. »Aber du mußt das richtig verstehen, Worf. Mein Volk spricht gern sehr laut über alle möglichen Dinge. Ja, einige Brikar haben gegen die Föderation Stimmung gemacht. Andere wiederum gegen die Klingonen, die Romulaner und so weiter. Die Brikar sind eine aggressive Spezies und nicht gerade Pioniere, wenn es um tolerante Beziehungen zu anderen Spezies geht. Das wirst du mittlerweile sicher wissen.«

»Es ist mir nicht entgangen«, sagte Worf trocken.

»Das ging schon eine geraume Weile so«, fuhr Zak fort. »Ich konnte nicht ahnen, daß diese Stimmungsmache solche Formen annehmen würde. Ich konnte nicht ahnen, daß sich daraus *überhaupt* etwas entwickeln würde, ganz zu schweigen von verborgenen Basen und so weiter.«

Nun trat K'Ehleyr vor. »Dennoch ist dir sicher klar, daß dieser Umstand dich in eine schwierige Lage bringt?«

Worf sah sie an. »Ach? Tatsächlich?«

»Ja, tatsächlich. Er gehört einer Spezies an, von der wir wissen, daß sie uns feindselig gesonnen ist.«

»Was schlägst du vor?« fragte Zak zornig. »Daß ich, wie Baan, gefesselt werde? Würde das deinen Zwecken dienen?«

»Ich weise einfach nur auf etwas hin...«

»Was wir bereits wissen«, unterbrach Worf sie. »Du schlägst doch nicht ernsthaft vor, daß ein Angehöriger der Brikar wegen der Taten anderer bestraft wird?«

»Nein«, sagte K'Ehleyr ruhig. »Das schlage ich nicht vor. Ich habe meine Beobachtungen gemacht und meiner Pflicht genüge getan, indem ich sie dir mitgeteilt habe. Wenn du der Ansicht bist, daß er vertrauenswürdig ist, muß deine Meinung als Anführer deiner Gruppe ausschlaggebend sein.«

»Danke«, sagte er und wandte sich Kodash zu.

»Und möchtest du noch etwas zu dieser Diskussion beitragen?«

Kodash schwieg einen Moment lang. Zak riß sich zusammen und bereitete sich auf einen verbalen Ausbruch vor. Wahrscheinlich würde der Klingone sich hämisch darüber freuen, daß Zak sich nicht nur geirrt hatte, was die Identität der Angreifer betraf – er hatte ja angenommen, daß es sich bei ihnen um Klingonen handelte –, sondern daß sie darüber hinaus von einem von Zaks Volk angegriffen worden waren. Ein Brikar trug die Schuld daran, daß sie auf Dantar IV gefangen waren.

Kodash würde ihm das alles zweifellos unter die Nase reiben, und Zak konnte ihm nicht einmal widersprechen.

Zak wartete.

»Du mußt dich sehr erniedrigt fühlen, daß wir von einem deiner Leute angegriffen wurden«, sagte Kodash.

Zak schwieg.

Kodash warf Worf einen Blick zu und sah dann wieder Zak an. »Ich weiß, wie ich mich fühlen würde, wäre ich in deiner Lage. Ich bin froh, daß ich es nicht bin.«

Dann drehte er sich um und ging davon.

Zak konnte es nicht fassen. Das war es gewesen? Die gesamte Konfrontation? Er sah erstaunt Worf an.

»Ich glaube, das kam von Herzen. Meinst du nicht auch?« fragte Worf.

7

Die Kadetten hatten keinen Grund gehabt, das Innere des Generatorgebäudes mit einem Tricorder abzusuchen. Aber jetzt hatten sie ganz bestimmt einen.

Mark McHenry ging langsam durch den Raum, wie ein altmodischer Wassersucher mit einer Wünschelrute. Er betrachtete sorgfältig die Anzeigen des Tricorders.

Sie hatten es in Kauf genommen, die gesamte Kolonie lahmzulegen, und die Generatoren abgeschaltet, damit sie keine Störsignale ausstrahlen konnten. Es kam darauf an, beschleunigte Energiemessungen zu empfangen, denn dort, wo sie diese Messungen entdeckten, mußte die verborgene Basis sein.

Die anderen beobachteten ihn genau. Niemand sagte etwas. Seit fünf Minuten war kein einziges Wort mehr gefallen.

Schließlich nickte Mark.

»Ja, hier in der Nähe ist etwas«, bestätigte er. »Es ist gut abgeschirmt. Aber ich glaube, ich habe es gefunden. Wartet noch einen Augenblick.«

Er ging langsam durch den Raum und hielt den Tricorder wie einen Schild vor sich ausgestreckt. Schließlich blieb er vor dem größten Impulsgenerator stehen.

»Und?« fragte Worf.

McHenry deutete zu Boden, genau auf das Fundament des Generators.

Die anderen stöhnten leise auf. »Du machst Witze«, sagte K'Ehleyr.

McHenry runzelte die Stirn. »Eigentlich nicht. Oder habe ich etwas gesagt, das euch zum Lachen bringt?«

Tania rieb ihre Schläfen. »Nein, Mac. Ganz und gar nicht.« Sie sah Worf an. »Zak hat mir neulich geholfen, einen Generator zu transportieren, aber der war etwa halb so groß wie dieser hier.«

Zak trat vor und ließ seine Knöcheln knacken, jeden einzeln, der Reihe nach, und jedes Geräusch klang wie ein Kanonenschuß. Und während er dieser ziemlich sinnlosen Tätigkeit nachging, sagte er zuversichtlich: »Dann werde ich mich wohl doppelt anstrengen müssen, nicht wahr?«

Als die Generatoren installiert worden waren, hatte man sie mit leistungsstarken Zugmaschinen an Ort und Stelle gebracht. Doch diese Geräte waren – wie alle anderen, die sie jetzt gut hätten gebrauchen können – bei dem Angriff zerstört worden. Dies schien Zak Kebron jedoch nicht abzuschrecken. Er trat zu dem großen, zylindrischen Generator.

»Brauchst du auch bestimmt keine Hilfe?« fragte Worf.

»Kein Problem«, sagte Zak mit absolutem Selbstvertrauen.

Er trat vor den Generator und umfaßte ihn, soweit er greifen konnte. Dann versuchte er, ihn hochzuheben und aus der Verankerung zu reißen.

Der Generator bewegte sich um keinen Millimeter.

»Dürfte ich eine Hebelwirkung empfehlen«, sagte Worf. Eigentlich hätte er vortreten und helfen müssen, ob Zak dies nun wollte oder nicht. Aber er wußte genau, wie stolz Zak in solchen Augenblicken war. Zak Kebron wollte den Generator nicht nur einfach hochheben. Er wollte beweisen, daß er dazu *imstande* war.

Zak brummte bestätigend, drehte sich dann um und stellte sich mit dem Rücken zum Generator. Er griff um ihn herum, packte ihn dann fest und versuchte, ihn sich auf den Rücken zu laden.

Ein ganz leises Knirschen von Metall war zu vernehmen, und dann bewegte der Generator sich. Zak biß die Zähne zusammen. Nachdem er das Ding nun in Bewegung gesetzt hatte, wollte er es nicht wieder loslassen, um ja nicht den Schwung zu verlieren.

Sein Körper erzitterte unter der Anstrengung, und er drückte den Mund fest zusammen, um mit keinem Geräusch zu verraten, wie sehr er unter der Anstrengung litt.

Der Generator bewegte sich stärker.

Dann begann Zak zu taumeln, und der Generator drohte, seinem Griff zu entgleiten.

Worf ging auf Zak zu, um ihm zu helfen, doch Kodash war bereits bei ihm. Er trat neben Zak und warf sein volles Gewicht gegen den Generator.

Damit gab er Zak die Gelegenheit, das Gerät besser in den Griff zu bekommen. Kodash zog sich nicht wieder zurück, sondern blieb neben dem Brikar stehen, bereit, ihm jederzeit wieder zu helfen.

Nur um auf Nummer Sicher zu gehen, trat Worf an die andere Seite. Zu ihrem Glück, denn in diesem Augenblick begann der Generator zu schwanken und zur anderen Seite zu kippen. Da Worf sich jedoch dagegen stemmte, kam er nicht weit.

Sie verharrten einen Augenblick lang reglos. Der Brikar trug die Hauptlast, und die Klingonen stützten den Generator ab und verhinderten, daß er auf eine Seite kippte.

Zak sah von einem zum anderen. Und dann murmelte er knirschend: »Danke.«

»Keine Ursache«, sagte Kodash diplomatisch. Dann warf er Worf einen Blick zu, der zu besagen schien: *Siehst du? Wenn es sein muß, kann ich auch höflich sein.*

Nun lastete der Generator sicher auf Zaks Rükken. Der starke Brikar trat mehrere Schritte vor. Worf und Kodash blieben neben ihm und verhinderten, daß das schwere Gerät schwankte. Die anderen Kadetten und Klingonen traten klugerweise zurück. Niemand wollte in der Nähe sein, sollte das Ding doch noch zu Boden fallen.

»Vorsicht«, sagte Worf.

»Ich ... *bin* ... vorsichtig«, stöhnte Zak.

Er ging in die Knie und ließ den Generator von seinem Rücken gleiten. Er fiel mit einem donnernden Knall zu Boden, der im gesamten Raum widerhallte.

»Ausgezeichnete Arbeit, Zak«, sagte Worf.

Kodash war nicht ganz so freundlich, nickte jedoch immerhin, um diesen beeindruckenden Kraftakt zu würdigen.

»Danke«, sagte Zak. Und dann nickte er ehrerbietig Kodash zu und wiederholte: »Danke.«

Mark McHenry hatte sich bereits an die Arbeit gemacht. Er war dorthin getreten, wo sich zuvor der Generator befunden hatte, und sah auf seinen Tricorder. »Hier«, sagte er. »Eindeutig. Genau hier.«

Er stand auf einer stabilen Metallplatte. Worf trat neben ihn und fragte: »Bist du sicher?«

»Eindeutig. Absolut. Ich bin mir eindeutig und absolut sicher. Hier befindet sich ...« Er hielt inne und runzelte die Stirn.

»Die verborgene Basis«, soufflierte Tania.

»Ja! Ja, ich bin mir absolut sicher. Die verborgene Basis befindet sich genau hier.« Er dachte kurz darüber nach. »Vielleicht sollten wir sie nicht mehr verborgene Basis nennen, oder? Ich meine, schließlich haben wir sie ja gefunden. Wir sollten sie von nun an entdeckte Basis nennen.«

»Mach das ruhig«, sagte Worf. »Tania, öffne sie.«

Tania hatte sich bereits mit einem Laser-Schweißbrenner bewaffnet. Sie kniete auf der Fläche nieder, auf die Mark gezeigt hatte, und schaltete den Schweißbrenner ein. Sie hatte ihn auf die niedrigste Intensität gestellt, denn sie wollte nicht das Risiko eingehen, etwas zu durchtrennen, das sie später brauchen würden. Ein bleistiftdünner Strahl schoß aus dem Gerät, und sie hielt ihn über das Metall. Mit einem hohen Wimmern durchschnitt der Strahl die leuchtende Oberfläche.

Tania ging ganz langsam vor und hielt sich bereit, das Gerät augenblicklich auszuschalten, sollte sie auf den geringsten Widerstand stoßen. Doch der Strahl durchtrennte das Metall problemlos, und nach ein paar Minuten hatte Tania einen Kreis von etwa einem Meter Durchmesser in das Metall geschnitten. Mehr als genug Platz, um hindurchzusteigen – vorausgesetzt, es gab etwas, in das sie hinabsteigen konnten.

Worf machte sich mit einem Brecheisen an die Arbeit und hatte nach wenigen Augenblicken die Metallscheibe aufgestemmt. Er bückte sich und sah in das Loch hinab, und die anderen taten es ihm gleich.

Vielleicht einen Meter tiefer sahen sie eine kleine Anordnung blinkender Lampen, die Teil irgendeines Kontrollpults zu sein schienen. Es befand sich auf etwas, bei dem es sich um eine flach in den Boden eingelassene, große Metalltür zu handeln schien. Sie war rund und nahtlos.

»Da ist der Eingang«, flüsterte Tania.

»Ein Phaserschuß, und wir haben ihn geöffnet«, polterte Worf.

Soleta schüttelte jedoch den Kopf. »Das wäre nicht ratsam.«

»Warum nicht?« fragte er.

»Weil«, sagte sie ruhig, »die Möglichkeit besteht, daß die verborgene Basis ...«

»Die entdeckte Basis«, korrigierte Mac.

Sie ignorierte ihn. »... über einige eingebaute Sicherungen verfügen könnte«, fuhr sie fort. »Wenn wir auf zu gewaltsame Art und Weise einzudringen versuchen, könnten wir damit eine Selbstvernichtungssequenz auslösen. Dann hätten wir gar nichts erreicht. Und wenn die dann erfolgende Explosion heftig genug ist, werden wir vielleicht sogar in Stücke gerissen.«

»Also müssen wir vorsichtig vorgehen«, sagte Worf.

»Dazu ist immer geraten«, sagte Soleta nickend.

»Nun gut. Tania ...«

»Bin schon dabei«, sagte sie. »Mac, gib mir den Tricorder.«

»Geschenkt oder nur geliehen?« fragte er.

»Nur geliehen.«

»Na schön.« Er gab ihn ihr, erleichtert von ihrer Aussage, er würde ihn zurückbekommen.

Tania beugte sich über das Loch und stellte den Tricorder ein. »So müßte es funktionieren«, sagte sie und aktivierte das Gerät. Ein paar Sekunden später gab es einen hohen Ton von sich.

Soleta drückte die Hände auf die Ohren und trat mehrere Schritte zurück. Für sie war das Geräusch schon schmerzhaft.

»Was machst du da?« fragte Worf.

»Ich glaube, ich weiß, welche Technik hier verwendet wurde«, sagte Tania. »Ich kann den Kode knacken. Der Tricorder erzeugt ein sogenanntes ›Quittungssignal‹. Es teilt dem Schloß mit, daß ein anderes elektronisches Gerät sich mit ihm verbinden will. Mit dieser Methode lädt der Tricorder Informationen aus Computersystemen herunter.«

»Bekommst du irgendwelche Daten?«

»Bislang noch nicht. Ich verändere jetzt die Frequenz.«

Sie nahm eine Justierung vor, und die Tonhöhe des Signals änderte sich minimal. Als dies auch keine Reaktion hervorrief, versuchte sie es erneut, und noch einmal …

Und bei der fünften Frequenz landete sie einen Treffer.

Die Lampen der Tür flackerten auf. Eine Reihe hoher Töne erklangen, und eine Flut von Informationen schoß in den Tricorder.

Instinktiv bereitete Worf sich auf die Möglichkeit vor, jeden Augenblick zerfetzt zu werden. Doch nichts dergleichen geschah. Statt dessen erlosch das Geräusch nach etwa dreißig Sekunden, und Tania schaltete den Tricorder aus.

»Ich hab's«, sagte sie.

»Den Zugangskode?«

»Nein«, gestand sie ein. »Aber die Bandbreite der Signale, die sie zur Kodierung benutzt haben. Es ist, als müßte man ein Kombinationsschloß mit hundert Ziffern knacken. Jetzt habe ich herausbekommen, daß sämtliche Zahlen der Kombination zwischen eins und zehn liegen. Man hat noch jede Menge Arbeit vor sich, ist aber schon ein großes Stück weitergekommen.«

»Und nun?« fragte K'Ehleyr.

Tania genoß einen Augenblick lang das Gefühl, der Klingonin überlegen zu sein. Es war eine angenehme Empfindung. »Und nun«, sagte sie dann, »laßt ihr mir etwa eine Stunde Zeit, um einen Kommunikator zusammenzubasteln und mit dem Tricorder zu verbinden. Dann wird es uns vielleicht gelingen, von diesem öden Planeten wegzukommen.«

»Du wirst es schaffen, Tania«, sagte Worf. »Ich habe volles Vertrauen in dich.«

»Danke, Worf. Ich weiß das zu schätzen.«

8

»Das ist eine Beleidigung!« schnaubte Gowr. »Man sollte mich daran beteiligen!«

Er stand vor dem gefesselten Brikar im Subraum-Kommunikationsgebäude. Er zeigte auf Baan und war offensichtlich sehr erregt.

»Warum hat man *mich* ausgewählt, ihn zu bewachen?« fragte er. »Soll das doch einer der Starfleet-Narren tun! Wenn der Basis Gefahr droht …«

»Was eine mögliche Gefahr betrifft«, sagte K'Ehleyr, »so ist meine größte Befürchtung die, daß der Gefangene fliehen könnte. Falls es dazu kommen sollte, sehen wir uns gewaltigen Schwierigkeiten ausgesetzt.«

»Ich werde nicht fliehen«, sagte Baan. »Wohin sollte ich mich wenden?«

»Hörst du?« sagte Gowr laut. »Er sagt, er wird nicht fliehen!«

»Und du *glaubst* ihm?« Sie schüttelte den Kopf. »Gowr, natürlich wird er einen Fluchtversuch unternehmen.«

»Soll Kodash ihn bewachen! Oder erledige du das!«

»Gowr, ich habe dich nur aus einem Grund für diese Aufgabe bestimmt.« Sie legte eine Hand auf seine Schulter. »Ich vertraue nur dir.«

Er sah sie mißtrauisch an. »Was?«

»Ich habe dir diesen Auftrag nicht leichten Herzens gegeben«, sagte sie. »Falls du ihn als eine

Art ›Beschäftigungstherapie‹ ansiehst, kann ich dich nicht daran hindern. Wie ich es sehe, habe ich lediglich jemandem eine wichtige Aufgabe zugeteilt, von dem ich glaube, daß er sie bewältigen kann. Ist das für dich nun akzeptabel oder nicht?«

Gowr seufzte. Er wußte, daß K'Ehleyr ihn ausmanövriert hatte. »Wie du meinst, K'Ehleyr.«

»Gut«, sagte sie. Sie ging zur Tür, blieb stehen und sagte erneut: »Wir zählen auf dich, Gowr.«

»Ja, ja«, erwiderte er und winkte ab. »Ich werde mich um ihn kümmern.«

Und in dem Augenblick, da Gowr ihm den Rücken zuwandte, fuhr Baan mit dem fort, was er zuvor getan hatte. Er übte einen langsamen, steten

Druck auf seine Fesseln aus. Dehnte die molekularverdichteten Bänder, bis sie nach und nach schlaffer wurden.

Und wartete darauf, daß sich ihm die Gelegenheit zum Zuschlagen bot …

9

Die Rückseite der Kommunikator-Schalttafel war geöffnet, und Tania hatte einen Tricorder an das Gerät angeschlossen. Und nun gab der Kommunikator eine Reihe hoher Töne und Piepser von sich. Das machte er bereits seit geraumer Zeit.

Die Klingonen und Starfleet-Kadetten saßen oder standen in dem Raum und versuchten, nicht allzu gelangweilt zu wirken, was ihnen allerdings nicht besonders gut gelang.

Tania schien sich davon nicht stören zu lassen. Sie überprüfte sorgfältig die Signale, die durch den Kommunikator geschickt wurden, und verglich sie mit den Informationen, die der Tricorder einspielte.

Schließlich hielt Zak Kebron es nicht länger aus. »Tania, wir verschwenden unsere Zeit.«

Sie machte sich nicht einmal die Mühe, ihn anzusehen. »Hat deine große Erfahrung mit technischen Problemen dich zu diesem Schluß geführt, Zak? Oder bist du einfach nur ungeduldig?«

»Ich begreife das nicht«, sagte K'Ehleyr. »Du hast gesagt, du könntest diese Tür öffnen.«

»Tania weiß, was sie tut«, sagte Worf nachdrücklich. Er wußte nicht genau, wie fest er tatsächlich davon überzeugt war, doch er spürte, wie wichtig es war, daß sie jetzt Solidarität demonstrierten. »Ich habe volles Vertrauen in sie.«

»Danke, Worf«, sagte Tania und fragte sich gleichzeitig, wie ehrlich er es meinte. Sie befürchtete, daß die Antwort darauf ihr nicht gefallen würde. »Falls noch jemand von euch Zweifel haben sollte…«, fuhr Tania fort. »Zur Zeit probiert der Kommunikator alle erdenklichen Tonkombinationen durch, mit denen man diese Tür öffnen könnte. Das Problem ist, daß es meiner Schätzung zufolge etwa dreiundvierzigtausend verschiedene Möglichkeiten gibt.«

Jemand stöhnte leise auf. Wahrscheinlich war es Kodash gewesen.

»Ihr Götter«, murmelte K'Ehleyr. »Es wird tagelang dauern, bis er sie alle durchprobiert hat.«

»Keineswegs«, erwiderte Tania. »Vergeßt nicht, das ist ein Hochgeschwindigkeitsgerät. Wir haben bereits über achttausend Kombinationen ausprobiert. Sicher, es könnte noch eine geraume Weile dauern, aber andererseits …«

Plötzlich hörten sie ein knirschendes Geräusch.

Erschrocken sprangen sie zurück. Die Tür sandte nun einen hohen Ton aus. Und irgendwo unter ihnen erklang das Geräusch eines schweren Getriebes, das lange nicht mehr aktiviert worden war.

»Zurück!« rief Worf. »Tretet alle zurück!«

Sie taten wie befohlen. Einen Augenblick lang fragte Worf sich, wie weit sie zurücktreten mußten, um wirklich in Sicherheit zu sein. Falls Tania eine Selbstvernichtungsvorrichtung ausgelöst hatte, spielte es wahrscheinlich keine Rolle, wie weit sie zurückwichen.

»Es ist alles in Ordnung!« rief Tania über den Lärm hinweg. »Es ist alles in Ordnung!«

»Woher willst du das wissen?« fragte K'Ehleyr.

»Es ist mein Job, das zu wissen!« erwiderte Tania.

Die unterirdische Tür war auseinandergeglitten,

und nun hob sich irgend etwas. Alle starrten erstaunt auf eine Plattform, die mit blinkenden Lampen an der Unterseite vor ihnen erschien. Sie rastete mit einem Klicken ein und wartete geduldig.

»Es scheint sich um einen primitiven Turbolift zu handeln«, sagte Soleta.

»Vielleicht ist er primitiv«, pflichtete Tania ihr bei, »aber er funktioniert. Und nur darauf kommt es an.«

»Also gut«, sagte Worf. »K'Ehleyr, ich selbst, Soleta, Kodash und Tania fahren hinab. Mac, du wartest hier oben und überwachst unseren Vorstoß. Wir werden dir einen Kommunikator dalassen, damit wir in Verbindung bleiben können.«

»Mach dir keine Sorgen, Worf«, sagte Mark. »Es wird schon alles gutgehen.«

»Davon bin ich überzeugt. Also, los geht's, Kadetten.« Er zeigte auf die erhöhte Plattform.

»Ich meine, was wäre das absolut Schlimmste, was uns passieren könnte?« fuhr Mac fort. »Das Schlimmste wäre, daß wir alle sterben. Und das wäre ein großes Abenteuer.«

Sie starrten ihn an.

»Peter Pan hat das gesagt«, erklärte Mac. »*Peter Pan* ist meine Lieblingsbiographie.«

»Biographie?« Tania musterte ihn verdutzt. »Mac, *Peter Pan* ist ein Roman. Ein Jugendbuch.«

»Ach was?« Er schaute verblüfft drein. »Weißt du das ganz genau?«

»Ja!«

»Hmm«, machte er. »Dann muß ich einige meiner fundamentalsten Überzeugungen in Zweifel ziehen. Ich werde lange und angestrengt darüber nachdenken müssen.«

»Tu das«, riet Worf ihm. »Aber vergiß darüber deine Pflichten nicht.«

»Kein Problem.«

Worf trat als erster auf die Plattform. Er bewegte sich zuerst nur ganz vorsichtig, als wolle er sich überzeugen, daß sie sein Gewicht auch wirklich trug. Als nichts Unerwartetes geschah, bedeutete er den anderen, ihm zu folgen. Sie drängten sich zusammen und hielten einander fest. Es wurde ziemlich eng auf der Plattform.

»Und jetzt?« knurrte Worf, der von Zak und Kodash eingezwängt wurde.

Bevor jemand antworten konnte, bewegte sich plötzlich der Boden unter ihnen. Mit einem weiteren Knirschen der für sie nicht sichtbaren Mechanismen sank er hinab und beförderte sie in die verborgene Basis.

»Hab ich's nicht gesagt?« rief Tania mit hämischer Freude.

McHenry sah ihnen nach. In dem Augenblick, in dem sie außer Sicht gerieten, berührte er seinen Kommunikator. »McHenry an Tobias«, sagte er. »Das ist ein Test.«

»Wir hören dich, Mac«, erwiderte Tanias Stimme. »Laut und deutlich.«

»Gut.« Er nickte zufrieden. »Tania, eine Frage …«

»Schieß los.«

»Ich nehme an, *Alice im Wunderland* ist kein Reiseführer, nicht wahr?«

»Was?« kam die überraschte Antwort. »Was hast du gesagt?«

»Ach, schon gut. War nicht wichtig. Keiner, der noch bei Verstand ist, würde so etwas glauben, oder? Oder hätte Eltern, die ihm so etwas weismachen wollen, nicht wahr?«

»Allerdings«, sagte Tania. Sie klang etwas unsicher. Das gesamte Gespräch kam ihr höchst merkwürdig vor.

»Gut. Das habe ich mir gedacht. Haltet mich auf dem laufenden.«

»Machen wir.«

Er lehnte sich zurück und schüttelte den Kopf. »Mom, Dad, falls es mir je gelingen sollte, diesen Planeten zu verlassen, müßt ihr mir *einiges* erklären.«

10

Tania nieste heftig und blies dabei Staub von der Wand. »Tut mir leid«, entschuldigte sie sich.

K'Ehleyr lächelte schwach und nickte. »Ich kann mir vorstellen, daß der Staub für einige unerträglich ist …«

Und dann zuckte auch ihre Nase. Sie runzelte die Stirn, kam aber nicht gegen den Niesreiz ein. Eine noch größere Staubwolke wirbelte auf.

»Tut mir leid«, murmelte sie.

»Schon in Ordnung«, sagte Tania diplomatisch.

Das Niesen war in der Tat durchaus verständlich. Es war sogar überaus erstaunlich, daß sich nicht mehr Kadetten die Lunge aus der Brust husteten. Die versteckte Basis der Brikar war nicht gerade der sauberste Ort, den sie je gesehen hatten.

Boden und Wände waren gefliest; in die Kacheln waren komplizierte Mosaike eingearbeitet. Zahlreiche Bilder hingen an den Wänden. Sie zeigten mehrere Brikar in unterschiedlichen Kampfesposen. Worf bemerkte auch einige Klingonen, Gorn und Mitglieder anderer Spezies. Die Gänge waren schmal, und zahlreiche Korridore zweigten in alle Richtungen von ihnen ab.

Er bemerkte mehrere kleine Gitter, die im Abstand von etwa drei Metern in den Boden eingelassen waren, konnte sich aber nicht den geringsten Reim darauf machen, welchem Zweck sie dienten.

»Diese Bilder«, sagte Zak und zeigte auf die Wand. »Sie beschreiben die Geschichte der Brikar. Das hier zum Beispiel« – und er berührte ein Bild – »zeigt die Schlacht des Eldinsa'aar.«

»Wer? Was?« fragte Tania.

»Der Legende zufolge ist Eldinsa'aar – ein mächtiger Krieger – allein einer Horde von Feinden gegenübergetreten, um eine Stadt zu verteidigen, in der nur noch Frauen und Kinder weilten, weil alle Männer niedergemetzelt worden waren. Eldinsa'aar kämpfte zwölf Tage und zwölf Nächte lang, bis der Boden dermaßen mit dem roten Blut des Feindes getränkt war, daß er bis zum heutigen Tag rot gefärbt blieb. Die Eldinsa'aar-Ebene wurde nach ihm benannt.«

»Wir haben ähnliche Legenden«, warf K'Ehleyr ein. »Wir erzählen von Kahless dem Unvergeßlichen ...«

»... der zwölf Tage und zwölf Nächte lang gegen seinen Bruder Morath kämpfte, weil Morath sein Wort gebrochen hatte«, sagte Worf.

K'Ehleyr musterte ihn interessiert. »Schön zu wissen, daß du die klingonische Geschichte kennst.«

»Natürlich kenne ich sie«, erwiderte Worf. »Kahless war schon immer ein großer Held für mich. Ich bemühe mich, seinem Vorbild zu folgen.«

»Genau wie ich«, sagte K'Ehleyr. Kodash, der ein Stück abseits stand und einen Finger durch den Staub zog, nickte geistesabwesend, aber zustimmend.

»Ich finde es interessant«, sagte Zak, »daß wir gewisse philosophische Grundbegriffe gemeinsam haben.«

Kodash schaute auf. »Du willst damit doch hoffentlich nicht ausdrücken, Brikar, daß wir Freunde werden könnten?«

Zak schaute verächtlich drein. »Mach dich doch nicht lächerlich«, erwiderte er.

»Genug davon«, sagte Worf scharf. »Tania ...«

Sie betrachtete bereits den Tricorder, schüttelte aber den Kopf. »Zahlreiche Energiemessungen. Ich habe Schwierigkeiten, eine bestimmte zu erfassen. Das Funkgerät könnte überall stehen.«

»Na schön. Dann müssen wir es eben suchen.«

»Trennen wir uns?« fragte Soleta.

Worf dachte kurz darüber nach. »Der wichtigste Grund, unsere Kräfte aufzuteilen, wäre, Zeit zu sparen. Ich habe es aber nicht besonders eilig. Nein, wir bleiben zusammen.«

»Logisch.«

»Freut mich, daß du mir zustimmst.«

Im Subraum-Kommunikationsgebäude bemühte Gowr sich, nicht einzuschlafen. Doch dann hörte er ein Scharren hinter sich und war sofort wieder hellwach.

Er drehte sich auf seinem Stuhl um, betrachtete den Brikar ...

... und stellte erleichtert fest, daß Baan noch an Ort und Stelle war. Er saß auf dem Stuhl, und seine Hände waren auf den Rücken gefesselt.

»Stimmt etwas nicht?« fragte Baan beiläufig.

»Nein. Alles in Ordnung.«

»Wie schade«, sagte der Brikar. »Ich habe den Eindruck, ich sollte langsam irgendwelchen Unsinn anstellen.«

Er spitzte die Lippen und spuckte dann abrupt einen Speichelklumpen aus. Er schoß durch die Luft und landete genau auf Gowrs Stirn.

Der Klingone sprang wütend auf und wischte

sich die warme Flüssigkeit aus dem Gesicht. »Du elender Brikar!« rief er und stürmte durch den Raum. Er hatte die Faust gehoben und wollte sie Baan ins Gesicht schlagen.

Er holte aus – und der Brikar hielt seinen Arm fest.

Gowr brauchte einen Augenblick, bis er begriffen hatte, was passiert war – daß Baans linke Hand nicht mehr gefesselt war und nun Gowrs Gelenk in einem gnadenlosen Griff hielt.

Doch da holte Baan schon die andere Hand hinter dem Rücken hervor. Der Riemen hing noch daran. Mit einer schnellen Bewegung schlang er ihn um Gowrs Hals.

Gowr wollte zurückweichen, doch es gelang ihm nicht. Baan hielt das andere Ende des Gurtes mit der freien Hand fest und zog ihn zu. Gowr konnte sich nicht bewegen, und der Riemen schnürte ihm die Luft ab. Er zerrte verzweifelt daran und versuchte, die Finger zwischen den Gurt und seine Haut zu schieben, doch es war sinnlos.

Baan zog den Riemen noch fester zu und knurrte dann tief in der Kehle. »Wie gefällt dir das, Klingone?« schnaubte er. »Na?«

Doch es war klar, daß Gowr ihn nicht mehr hörte. Er hatte die Augen verdreht und brach zusammen. Sein Körper war völlig schlaff.

Baan hielt den Riemen noch eine Weile straff, bis er überzeugt war, daß Gowr tot war. Dann ließ er los, und Gowr sackte zu Boden.

Da der Brikar seine Hände bereits befreit hatte, benötigte er nur ein paar Minuten, um auch die Fußfesseln zu lösen. Er ließ die Riemen, den Stuhl und den reglosen Gowr zurück und machte sich auf den Weg zum Generatorgebäude.

Worf blieb vor einer Tür stehen und berührte die Kontrollfläche. Die Tür glitt gehorsam auf, und Worf trat ein. Tania folgte ihm auf dem Fuße und pfiff leise auf. »Ich bin beeindruckt«, sagte sie.

Der Raum war nicht besonders groß, dafür aber voller Gerät. Die meisten Modelle kannte Worf nicht, aber ihr Zweck war unmißverständlich. Es handelte sich ausschließlich um Waffen. Und zwar um sehr garstige.

Worf nahm eins der Gewehre aus der Halterung an der Wand und hob es prüfend hoch. Seine Mündung war größer als jede andere, die Worf bislang bei solchen Waffentypen gesehen hatte. Es schien über eine beträchtliche Feuerkraft zu verfügen. »Gute Arbeit«, sagte er respektvoll. »Guter Entwurf. Liegt gut in der Hand.«

»Ihr gebt ein hübsches Paar ab«, sagte K'Ehleyr. »Stell es zurück.«

Worf tat wie geheißen, wenn auch zögernd. Er nahm sich vor, noch einmal hier vorbeizugehen, bevor sie die Anlage verließen, und eine Waffe mitzunehmen.

Sie traten wieder auf den Korridor. Direkt vor ihnen lag eine Kreuzung. Sie entschieden intuitiv und gingen geradeaus weiter.

Mark McHenry hielt pflichtgemäß ein Auge auf die Dinge, was ihm nicht gerade wie eine sehr große Herausforderung vorkam. Das sollte sich jedoch ändern.

Er fühlte den Schatten eher, der sich plötzlich auf ihn legte, als daß er ihn sah.

So weltfremd und mit belanglosen Kleinigkeiten beschäftigt, wie Mark manchmal auch sein mochte, reagierte er jedoch alles andere als langsam, wenn sich Probleme auftaten. Und als er bemerkte, daß sich jemand hinter ihm befand, hatte er die Situation im Bruchteil einer Sekunde analysiert.

Er wußte, daß es nicht Gowr war, denn Gowr bewachte den Gefangenen und würde seinen Posten nicht verlassen.

Er wußte auch, daß es kein Rettungstrupp war, denn wenn ihnen jemand zu Hilfe gekommen wäre, hätte sich derjenige lautstark bemerkbar gemacht, noch bevor er das Gebäude betreten hätte.

Und er wußte, daß es keiner der anderen Kadetten sein konnte, denn die befanden sich noch mit den beiden Klingonen in der unterirdischen Basis.

Dieser Eleminierungsprozeß ließ nur einen Schluß zu: Es mußte Baan sein. Der Brikar hatte sich anscheinend befreien und Gowr überwältigen können; nun stand er direkt hinter ihm und beabsichtigte wahrscheinlich, Mark McHenrys Kopf einzuschlagen.

Mark hatte sich an seinen Kopf gewöhnt. Er war im Lauf der Jahre mit ihm gewachsen, und Mark verspürte nicht den geringsten Drang, ihn zu verlieren.

All diese Gedanken gingen ihm, wie bereits erwähnt, schneller durch den Kopf, als man blinzeln konnte.

Mark handelte auf der Stelle. Er warf sich vor und bemerkte im selben Augenblick, daß etwas über seinen Kopf hinwegpfiff. Anscheinend hatte eine starke Faust soeben genau dorthin geschlagen, wo sich gerade noch sein Kopf befunden hatte.

Er prallte auf den Boden, rollte sich ab und versuchte, eine so große Entfernung wie möglich zwi-

schen sich und den Brikar zu bringen. Gleichzeitig schlug er auf seinen Kommunikator und rief: »McHenry an Worf!«

Einige Meter tiefer blieb Worf stehen und berührte seinen Kommunikator. »Hier Worf. Ich höre, Mac.«

Doch bevor McHenry noch ein weiteres Wort über die Lippen bringen konnte, traf der Brikar ihn mit der flachen Hand. Mark konnte von Glück reden, daß es nur ein leichter Schlag gewesen war.

Andererseits wiederum reichte er völlig aus, um Mark das Bewußtsein zu nehmen. McHenry brach zusammen und blieb reglos liegen.

Baan betrachtete sein Werk und lächelte zufrieden. Er wußte, daß er McHenry ebenfalls töten sollte, aber das konnte noch warten.

Zuerst einmal mußte er auf Worfs Stimme reagieren. Sie kam aus Marks Kommunikator und klang ziemlich ungeduldig. »Mac, ich wiederhole, hier Worf. Was ist los?«

Der Brikar mußte sich Zeit verschaffen. Er löste den Kommunikator von McHenrys Brust, zögerte nur ganz kurz und sagte dann, wobei er McHenrys Stimme einigermaßen getreu nachahmte: »Hab's vergessen.«

Er hatte genau das Richtige gesagt, denn Worf seufzte erzürnt auf. »Melde dich, wenn es dir wieder einfällt. Worf Ende.«

»Ja, Worf Ende«, murmelte Baan zufrieden. »Worf, Soleta und alle anderen – euer Ende steht kurz bevor.«

11

»Was wollte Mac?« fragte Tania.

»Wer kann das schon sagen.« Worf schüttelte den Kopf.

Soleta hatte den kurzen Wortwechsel zwischen Worf und McHenry jedoch mitgehört und schloß nun zu Worf auf. »Ich glaube, mit ihm stimmt etwas nicht.«

»Natürlich stimmt etwas nicht mit ihm. Er lebt in seiner eigenen Welt.«

»Nein, Worf«, sagte Soleta entschieden. »Mir ist eine leichte Veränderung seiner Stimme aufgefallen. Außerdem … ich würde als erste eingestehen, daß Mark McHenrys Verstand nicht einmal entfernt logischen Bahnen folgt … Aber einfach Kontakt mit uns aufzunehmen und dann nicht mehr zu wissen, wieso …«

»Ja, das klingt wirklich etwas extrem«, sagte Tania. »Sogar für Mac.«

Worf sah von der einen zur anderen. Ihre Begleiter waren schon vorausgegangen, doch nun kehrte K'Ehleyr zu ihnen zurück. »Was ist los?« fragte sie.

»Ich bin mir nicht sicher«, sagte er. »Aber ich werde es gleich herausfinden.« Er berührte seinen Kommunikator und sagte nachdrücklich: »Worf an McHenry.«

Baan kauerte über der Verbindung aus Tricorder und Kommunikator, die Tania hergestellt hatte.

Marks Kommunikator lag daneben auf dem Boden. Er hörte, daß Worfs Stimme aus ihm kam, war jedoch damit beschäftigt, eine Tonfolge zu generieren, die er dann in den Kommunikator einspeisen wollte.

Der Brikar hatte natürlich genau gewußt, mit welchen Tönen man den Eingang aktivieren konnte. Dies hatte er den Kadetten allerdings geflissentlich verschwiegen.

Er kannte auch die anderen Notsignale, mit denen man in einer Zwangslage Fallen aktivieren und von anderen erteilte Befehle aufheben konnte. Und solch eine Lage war nun eindeutig gegeben.

Doch dann erklang Worfs Stimme erneut, und er wollte verhindern, daß die Kadetten gewarnt wurden, bevor die Falle zuschnappen konnte. Er hatte Worf schon einmal geblufft und konnte es problemlos erneut tun. Schließlich handelte es sich ja nur um einen Klingonen. Und wie schwierig konnte es schon sein, einen Klingonen hereinzulegen?

»Hier McHenry. Ich höre.«

Zak und Kodash ignorierten das Gespräch hinter ihnen und gingen weiter. Sie stießen auf einen Raum, dessen Türmechanismus nicht funktionierte, und sahen sich kurz an.

»Willst du herausfinden, was in diesem Raum ist?« fragte Zak.

»Natürlich.«

Zak stieß eine Hand vor, und es gelang ihm, die felsähnlichen Fingerspitzen in den Türspalt zu zwängen. Im nächsten Augenblick half Kodash ihm bereits, die beiden Türhälften aufzuschieben.

Als Zak hineinschaute, mußte er sich zwingen, nicht laut aufzuschreien. »Das ist es«, flüsterte er.

Sie hatten sie tatsächlich gefunden. Im Gegensatz zum Rest der Basis, die ziemlich heruntergekommen wirkte, war die Kommunikationsanlage hochmodern.

»Wir haben sie gefunden!« rief Kodash. »K'Ehleyr! Wir haben sie gefunden!«

Dann hörte er, daß Worf etwas rief. Etwas von Schwierigkeiten.

Im nächsten Augenblick fing das Grollen an.

Kodash und Zak sahen sich verwirrt an und traten zurück. Die Tür, die nicht mehr von ihnen aufgehalten wurde, schloß sich zischend.

»Was, in Kolkers Namen, war das?« fragte Zak unsicher.

Einen Augenblick zuvor hatte Worf in seinen Kommunikator gesprochen. »Mac, bist du in Ordnung?«

»Ja«, kam die knappe Antwort.

Worf schaute die anderen kurz an. Und dann sagte er: »Mac, erzähl mir von *Peter Pan.*«

Ein ganz kurzes Zögern. »Was?«

»Erzähl mir … von … *Peter Pan.*«

Die Verbindung wurde unterbrochen.

Worf überdachte die Möglichkeiten und wußte sofort Bescheid. »Der Brikar hat sich befreit. Wir sind in großer Gefahr.« Instinktiv zog er seinen Phaser und rief den anderen über die Schulter zu: »Zak! Kodash! Wir haben Schwierigkeiten! Bewegt euch!«

Und dann fing der Boden an zu zittern.

Sie sahen sich verwirrt an. »Was ist los?« fragte Tania.

Als das Zittern immer stärker wurde, gerieten sie ins Taumeln. Zak und Kodash liefen auf sie zu; auch die beiden konnten sich kaum noch auf den Beinen halten.

Natürlich erkannte Soleta es als erste. Sie sagte ein Wort, dessen Bedeutung Worf nicht sofort verstand. Das Wort war »Wasser«.

Baan legte den Kommunikator zu Boden und trat dann darauf. Er lächelte, als er das Gerät zu winzigen Metallfetzen zerdrückte.

Der Klingone war ihm auf die Schliche gekommen, das mußte Baan ihm knirschend zugestehen. Er war dahintergekommen, aber viel zu spät. Dem Brikar war es gelungen, die Notschaltung zu aktivieren, und das sanfte Poltern unter seinen Füßen verriet ihm, daß die Kadetten und Klingonen sehr bald kein Problem mehr darstellen würden.

Nun hörten sie es alle, ein ohrenbetäubendes Donnern. Worf drehte sich nach links und dann nach rechts. Er wußte nicht genau, wohin sie sich wenden sollten. Er hielt den Phaser fest umklammert, wußte aber auch nicht, wohin oder worauf er ihn richten sollte.

Und dann kam es über sie.

Eine Flutwelle, eine Sintflut, ein Wasserfall, der von beiden Seiten auf sie zuströmte. Ihnen blieb nicht einmal eine Sekunde Zeit zum Reagieren, und das reichte nicht annähernd. Bevor sie sich bewegen konnten, schlug das Wasser über ihnen zusammen. Sie wurden bereits vom ersten Aufprall von den Füßen gerissen und im nächsten Augenblick nach oben gespült. Der Stoß war so hart, daß Worf der

Phaser aus der Hand gerissen wurde. Er ging in den Fluten unter.

Die Welle trieb sie in eine Richtung, doch dann prallten sie gegen das Wasser, das aus der anderen Richtung kam, und wurden hilflos umhergewirbelt. Schon nach ein paar Sekunden waren die etwa fünf Meter hohen Gänge überflutet. Bis zur Decke blieb vielleicht ein Meter, den das Wasser noch nicht ausgefüllt hatte, doch jede Sekunde wurde mehr hineingepumpt, und bald würden sie keine Luft mehr bekommen.

Sie traten verzweifelt Wasser, konnten ihre Position jedoch nicht halten, weil die Sturzflut sie nun schnell davontrug. Es war, als wären sie in den Stromschnellen eines Flusses gefangen. Sie wurden unter Wasser gezogen und dann wieder wie Korken hochgedrückt, so daß sie mit den Köpfen gegen die Decke prallten, nur um sofort wieder hinuntergezogen zu werden.

Worf schlug unter Wasser um sich und versuchte, sich irgendwo festzuhalten, ganz gleich wo. Er schoß mit unvorstellbarer Geschwindigkeit an Türen vorbei, griff nach ihnen, wollte sie packen, um langsamer zu werden.

Und dann prallte er gegen etwas.

Er wußte nicht, was es war, reagierte aber sofort und hielt sich daran fest, als wäre es eine Schwimmweste. Es dauerte einen Moment, bis er erkannte, daß er gegen einen Körper gestoßen war. Da er sich unter Wasser befand, konnte er nicht ausmachen, um wen es sich handelte. Doch wer auch immer es sein mochte, es war ihm gelungen, sich irgendwo festzuhalten.

Worf wollte das Risiko nicht eingehen, die Person

von dem Halt wegzuzerren, den sie gefunden hatte. Doch diese Person schien ihn ermutigen zu wollen, sich weiterhin an sie zu klammern.

Seinen unbekannten Retter als Leiter benutzend, zog Worf sich unter Schmerzen Zentimeter um Zentimeter höher. Das Wasser schoß an ihm vorbei und drohte ihn mit sich zu zerren, doch Worf hielt sich fest.

Er brachte den Kopf über die Wasseroberfläche und fand sich buchstäblich Nase an Nase mit K'Ehleyr wieder.

»*Schnell!*« stöhnte sie.

Worf sah, daß sie sich mit aller Kraft an ein Rohr unter der Decke klammerte, bei dem es sich wahrscheinlich um eine Energieleitung handelte. Er umfaßte es mit einer Hand, ließ K'Ehleyr dann, als er sicher war, nicht weggerissen zu werden, los und hielt sich mit beiden Händen an dem Rohr fest.

Das Wasser stand ihnen bis zum Kinn und stieg schnell höher.

»Irgendwelche Einfälle?« fragte er.

»Ja«, stöhnte sie. »Hätte ich gewußt, daß wir so bald sterben würden, hätte ich wohl kaum die Zeit verschwendet, die wir miteinander hatten.«

Er spuckte Wasser aus und versuchte wütend, sich höher zu ziehen. »Wir werden nicht sterben.«

»Du bist zu optimistisch.«

Worf sah sich verzweifelt um. »Nein. Ich weiß, was wir tun müssen.«

»Uns Kiemen wachsen lassen?«

»Dort«, sagte er und nickte in die Richtung. »Diese Tür dort. Erinnerst du dich?«

»Welche Tür? Sie befindet sich unter Wasser!«

»Dahinter liegt der Waffenraum. Wenn ich hineinkomme …«

»Du bist ja verrückt! Selbst wenn du hineinkommst …«

»Hör zu!« sagte Worf ungeduldig. »Ich kann hier hängen bleiben, dir den Plan erklären und mittlerweile ertrinken. Oder ich kann versuchen, uns hier herauszubringen! Willst du also weiterhin jammern, oder willst du mitkommen?«

K'Ehleyr sank etwas tiefer und zog sich wieder höher. »Warum nicht? Ich habe heute sowieso nichts mehr vor!«

»Also gut! Bei drei geht's los! Eins, zwei, drei!«

Er tauchte. K'Ehleyr folgte ihm, obwohl sie keineswegs damit rechnete, je wieder an die Oberfläche zu kommen.

Soleta, Tania und Kodash schlugen wütend um sich und versuchten, an der Oberfläche zu bleiben. Zak war nirgendwo zu sehen. Das Wasser floß zwar nicht mehr so schnell, stieg aber noch immer.

Soleta geriet immer wieder unter die Wasseroberfläche, und Tania sah, daß die Vulkanierin sich sehr unbeholfen im Wasser bewegte. Sie war eindeutig keine erfahrene Schwimmerin, und Tania wußte sofort, wieso nicht. Vulkan war eine trockene, heiße Welt. Auf einem Planeten, auf dem es nur ein Mindestmaß an Feuchtigkeit gab, wurde einfach nicht viel geschwommen.

Sie wollte Soletas Namen rufen, schluckte aber Wasser.

Die Vulkanierin ging unter. Und Kodash wurde ebenfalls von seiner schweren Ledermontur hinabgezogen.

Der Wasserdruck schob Worf fast an der Tür vorbei, die er zu erreichen versuchte. Aber im letzten Augenblick gelang es seinen verzweifelt greifenden Fingern, den Türrahmen festzuhalten.

K'Ehleyr wurde an ihm vorbeigetrieben. Er drückte beide Füße gegen den Türrahmen, um Halt zu bekommen, und griff mit der freien Hand nach ihr. Es gelang ihm tatsächlich, sie zu fassen zu bekommen, bevor sie außer Reichweite war.

Unter Wasser war alles still. Sie hätten genausogut in den Tiefen des Alls sein können, einmal davon abgesehen, daß sie sich hier keine Sorgen machen mußten, an explosiver Dekompression zu sterben.

Hier konnten sie nur ertrinken.

Worf deutete mit dem Kopf auf die Kontrollfläche der Tür, bis K'Ehleyr endlich begriffen hatte, daß sie daraufschlagen sollte. Erst jetzt kam ihm der finstere Gedanke, daß die Tür sich nicht öffnen würde, falls das Kontrollpanel von dem Wasser beschädigt oder von irgendeiner übergeordneten Schaltung außer Funktion gesetzt worden war. In diesem Fall würden sie es nicht mehr zurück an die Oberfläche schaffen, denn Worfs Lungen drohten schon jetzt zu platzen.

K'Ehleyr streckte die Hand aus und kämpfte gegen die Strömung an. Ihre Finger waren nur ein paar Zentimeter von der Kontrollfläche entfernt. Worf zog sie heran, und ihre Hand prallte gegen das Panel.

Die Tür öffnete sich gehorsam.

Worf, K'Ehleyr und das Wasser schossen in den Waffenraum. Er füllte sich innerhalb von ein paar Sekunden, doch einen Augenblick lang bekamen sie Luft. Die beiden Klingonen stießen die Luft aus, die sich in ihren Lungen befand, und sogen gierig frische ein. Im nächsten Moment wurden sie wieder vom Wasser überspült.

Auf der Akademie hatten die Kadetten Anfängerkurse im Manövrieren unter Schwerelosigkeit belegt, um sich auf die Möglichkeit vorzubereiten, auf einem Planeten mit geringerer Schwerkraft als der der Erde eingesetzt zu werden, oder für den Fall, daß die künstliche Schwerkraft an Bord eines Raumschiffes ausfiel. Worf rief sich diese Lektionen jetzt in Erinnerung zurück.

Er drehte sich unter Wasser. Er drückte die Füße gegen eine Wand und stieß sich ab. Er schwebte durch den Raum und schloß die Hände um die schwere Waffe, die er untersucht hatte, kurz nachdem sie in die Anlage eingedrungen waren.

Sogar unter Wasser konnte er K'Ehleyrs fragenden Blick sehen. *Was hast du damit vor?* schien er zu besagen.

Er war leider nicht imstande, ihr seinen Plan zu erklären.

Er konnte nur hoffen, daß er funktionierte und

die anderen so lange überlebten, daß sie ihren Nutzen daraus ziehen konnten.

Das Wasser stieg, und Tania wurde immer höher getrieben, der Decke entgegen.

Plötzlich berührten ihre Füße etwas.

Sie wußte nicht, was es war, und es spielte auch keine Rolle. Sie konnte darauf stehen. Sie mußte noch immer mit den Armen gegen den Sog des Wassers ankämpfen, doch zumindest konnte sie sich nun abstützen.

Und dann kam Soleta rechts von Tania an die Oberfläche. Eine Sekunde später kam Kodash links von ihr hoch. Das Wasser ging ihnen bis zum Kinn, obwohl sie die Köpfe zurücklegten, um die wenige Luft, die ihnen verblieben war, einatmen zu können.

»W-Wie ...«, keuchte Tania.

Dann sah sie hinab. Sie scheute zwar davor zurück, mit dem Kopf einzutauchen, um besser sehen zu können, überwand sich dann aber doch.

Sie konnte unter der Wasseroberfläche eine Gestalt ausmachen – eine große, humanoide Gestalt. Tania stand auf ihrem Kopf, und die Gestalt trug je einen der beiden anderen auf einem Arm.

Sie erkannte sie sofort.

Sie riß den Kopf wieder hoch, hustete und brachte dann heraus: »Zak! Es ist Zak!«

Soleta hustete noch immer Wasser aus den Lungen und brachte nur ein Nicken zustande. Kodash schüttelte den Kopf, und über das Tosen des Wassers hinweg hörte Tania, daß er murmelte: »Von einem Brikar gerettet. Darüber werde ich nie hinwegkommen.«

›Gerettet‹ war jedoch eher Wunschdenken. Zak konnte natürlich eine beträchtliche Weile den Atem anhalten, was auch ein Glück für ihn war, da er nicht gerade zum Schwimmen geschaffen war. Aber Tania wußte natürlich, daß auch Zak irgendwann wieder Luft holen mußte.

Und da das Wasser noch immer stieg, würde seine Hilfe ihnen nicht mehr lange nutzen.

Mit einem Scherenschlag schoß Worf in den Korridor hinaus. Die Waffe hatte er fest an sich gedrückt. K'Ehleyr schwamm ihm nach. Sie schaute sich hilflos um, bemerkte, daß das Wasser die Decke fast erreicht hatte, und wußte, daß das Ende kurz bevorstand.

Und Worf spielte mit Gewehren.

Was ging ihm nur durch den Kopf?

Worf schwebte über einem der Gitter im Boden und richtete das Gewehr darauf.

Jetzt kam K'Ehleyr dahinter.

Worf drückte ab.

Ein gewaltiger Disruptor-Strahl schoß aus der Waffe. Worf kam erst jetzt auf den Gedanken, dafür dankbar zu sein, daß die Waffe nicht auf einem elektrischen Prinzip beruhte, denn dann wäre das Wasser wahrscheinlich unter Strom gesetzt, und er und K'Ehleyr wären gebraten worden. Und dann trieb die Gewalt des Schusses, den Gesetzen von Stoß und Gegenstoß folgend, ihn mit solcher Kraft nach oben, daß er aus dem Wasser schoß und mit dem Kopf an die Decke stieß.

Aber er hatte richtig vermutet: Das Gitter gehörte in Wirklichkeit zu einem Abflußsystem. Unter normalen Umständen wäre das Wasser so lange in der

Anlage geblieben, bis die Eindringlinge ertrunken wären. Und dann hätten die Abflüsse sich automatisch geöffnet, und das Wasser wäre in unterirdische Röhren geströmt und wahrscheinlich zurück in die Behälter geleitet worden, aus denen es hinausgepumpt worden war.

Indem Worf einen der Abflüsse geöffnet hatte, hatte er den Prozeß beschleunigt.

Worf ergriff ein Rohr an der Decke und wartete. Zuerst war kein Anzeichen auszumachen, daß er irgend etwas erreicht hatte. Doch dann begann das Wasser unter ihm zu strudeln.

K'Ehleyr.

Wo war K'Ehleyr?

Einen Augenblick lang stellte Worf sich vor, daß K'Ehleyr in das unterirdische Wassersystem gezogen wurde.

Er wollte schon loslassen und tauchen, um nach ihr zu suchen, als in der Mitte des Strudels abrupt ihre Hand erschien. Sie kämpfte verzweifelt gegen den Wassersog an – und sie verlor. In zwei, drei Sekunden würde sie endgültig hinabgezogen werden.

Sie befand sich außerhalb von Worfs Reichweite, aber das hielt ihn nicht auf. Er drehte das Gewehr um und streckte ihr den Kolben entgegen. Gerade, als sie wieder unter die Oberfläche gezerrt wurde, konnte sie ihn ergreifen.

»Komm schon!« rief Worf.

Sie hob die andere Hand und hielt sich mit aller Kraft an dem Gewehr fest, und Worf zog sie auf sich zu. Mit seinem muskulösen Arm zerrte er das Gewehr herum, und ihr Kopf hob sich über die Oberfläche. Sie spuckte einen Augenblick lang Wasser und bekam dann mit einem heftigen Tritt ihrer Beine genug Auftrieb, um das Rohr zu ergreifen, an dem sich auch Worf festhielt.

»Es … es funktioniert!« stieß sie hervor.

»Vielleicht können wir die Sache etwas beschleunigen«, knurrte er. Er schob den Disruptor unter die Wasseroberfläche, zielte den Gang hinauf und gab mehrere Schüsse ab. Er hoffte, aus der Erinnerung so gut gezielt zu haben, daß er weitere Abflüsse getroffen hatte.

Dies hatte er tatsächlich. Ein weiterer Strudel bildete sich, und der Wasserpegel sank nun sichtbar schneller.

Er drehte sich um und schoß in die andere Richtung. Ein dritter Strudel erschien. Der Wassersog war fürchterlich, aber sie konnten sich an dem Rohr festhalten.

»Du hast es geschafft!« sagte sie.

»Wir haben es geschafft«, erwiderte er und versuchte, bescheiden zu klingen. Es gelang ihm aber nicht besonders gut.

K'Ehleyr betrachtete ihn einen Augenblick lang. Und dann schob sie den Kopf vor und küßte Worf zu dessen Erstaunen.

»Wofür war das?« fragte er.

Sie lächelte tatsächlich und entblößte die Zähne, als sie erwiderte: »Für mich.«

Tania hatte nicht ganz begriffen, was geschehen war. Sie wußte nur, daß sie im einen Augenblick noch um das letzte Quentchen Luft gerungen hatte und im nächsten der Wasserpegel dramatisch gefallen war. Er fiel noch immer.

Nach ein paar Minuten konnten sie, Kodash und

Soleta von Zak hinabklettern. Er stand da und lächelte schief.

»Das war sehr angenehm«, sagte er. »Wenn ihr wollt, halte ich es noch eine Weile durch.«

»Das wird wohl nicht notwendig sein«, entgegnete Soleta ernst.

»Kommt schon«, sagte Tania. »Wir müssen Worf und K'Ehleyr finden – uns überzeugen, daß sie in Ordnung sind.«

»Sie sind Klingonen«, sagte Kodash nachdrücklich. »Das ist mehr als genug, um ihr Überleben zu sichern.«

»Obwohl es offensichtlich nicht schadet, jemanden zu haben, auf dem man stehen kann«, warf Zak ein.

Kodash sagte klugerweise nichts.

Worf und K'Ehleyr warteten, bis das Wasser nur noch etwa einen halben Meter hoch stand, so tief, daß sie deutlich die Einschußlöcher sehen konnten. Als sie schließlich losließen, fielen sie ziemlich tief.

Sie landeten mit einem lauten Platschen und gingen wie Panther in die Hocke. Ihr Haar war durchweicht und verfilzt, ihre Kleidung völlig durchnäßt.

Doch sie lebten noch.

»Wir müssen zurück an die Oberfläche. Offensichtlich ist etwas schiefgegangen.« Er schulterte den Disruptor. »Doch ich glaube, damit werden wir fertig.«

Baan gefiel nicht, was er hörte.

Tief unter sich hatte er etwas vernommen, das wie eine Waffenentladung geklungen hatte. Und dann etwas anderes – abfließendes Wasser.

Nein, es gefiel ihm ganz und gar nicht.

»Was machen die da unten?« schnaubte er. Dann hörte er auf der anderen Seite des Raums ein leises Stöhnen.

Mark McHenry setzte sich gerade auf, rieb seinen Kopf und versuchte, seine Gedanken neu zu ordnen.

»Ihre Kollegen haben alles verdorben!« bellte der Brikar.

Dem noch etwas verwirrten Mac fiel nichts ein, was er darauf hätte erwidern können.

Der Brikar näherte sich ihm und ballte seine dreifingrigen Hände zu Fäusten. »Wenn es ihnen gelingt, wieder hier heraufzukommen, werden sie nur Ihre blutige Leiche finden!«

Hinter ihm erklang ein leises Geräusch. Er wollte sich umdrehen, doch dann hatte McHenry die Sprache wiedergefunden und sagte: »Sie werden gleich von hinten angegriffen.«

Dieser Satz bewirkte, daß Baan seine Aufmerksamkeit wieder auf Mark richtete. Er schnaubte laut. »Was für ein elender Trick ist das …?«

Dann wurde er von hinten angegriffen.

Der Hieb traf genau den Nervenstrang auf seinem Rücken, und er ging zu Boden. Der Schlag hatte ihn völlig überraschend getroffen.

Er wollte sich wieder aufrichten, und ein wuchtiger Tritt von einem Fuß, der in einem schweren Stiefel steckte, riß seinen Kopf herum. Ihm blieb kaum noch die Zeit, Gowrs wütenden Gesichtsausdruck zu sehen.

Baan bekam keine Chance mehr, auf irgendeine Verteidigung zurückzugreifen. Er hatte Schwierigkeiten, die Tatsache zu verdauen, daß Gowr noch lebte und die Kadetten in der Basis wahrscheinlich ebenfalls überlebt hatten. Kurz gesagt, alles war schrecklich schiefgegangen. Dies und Gowrs Angriff hatten ihn körperlich und geistig niedergerungen.

Als der Brikar bewußtlos wurde, war die Ohnmacht eher eine Erlösung für ihn.

Gowr trat ihn trotzdem noch ein paarmal, um ganz sicherzugehen. Dann sah er zu Mac hinüber. »Bist du in Ordnung?« fragte er. Seine Stimme klang heiser.

Mark nickte. »Und du?«

»Mir ging es schon mal besser«, gestand Gowr ein. Mark sah die Striemen an Gowrs Hals, die Spuren von Baans Versuch, ihn zu erwürgen. »Zum Glück ist die Biologie der Klingonen sehr kompliziert. Wir haben zahlreiche interne Sicherungssysteme, von denen Nicht-Klingonen nichts wissen. Wir hängen das nicht an die große Glocke; das macht es uns viel leichter, unsere Feinde zu überraschen. Wir sterben nicht so leicht.«

»Davon bin ich überzeugt«, sagte McHenry.

Dann hörten sie ein Summen und das mittlerweile schon vertraute Knirschen des verborgenen Getriebes. Sekunden später hob sich die Fahrstuhl-Plattform, und ein tropfnasses Erkundungsteam kam in Sicht. Worf stand ganz vorn und hielt mit beiden Händen einen Disruptor. Die anderen hatten ebenfalls Waffen an sich genommen. Sie waren auf alles mögliche vorbereitet, auf einen Kampf, einen Hinterhalt, nur nicht auf das, was sie nun sahen – nämlich auf einen Brikar, der bewußtlos auf dem Boden lag, und auf Gowr und Mac, die sich lässig unterhielten.

»Ach, da seid ihr ja«, sagte Mark fröhlich. »Habt ihr schon einen Notruf gesendet?«

Sie sahen einander an. »Nein«, sagte Worf langsam.

»Worauf wartet ihr dann noch?« sagte Mark. »Wir wollen doch nicht ewig hier herumhängen, oder?«

Worf sah K'Ehleyr an. Sie zuckte mit den Achseln.

»Wir machen uns sofort an die Arbeit«, sagte Worf.

»Gut«, sagte Mark McHenry.

12

Sie saßen am Tisch im Konferenzraum und schauten erwartungsvoll zu Captain Taggert hoch, dem Kommandanten der *Repulse*. In diesem Augenblick war die *Repulse* – die ihren Notruf aufgefangen und sie vor ein paar Stunden aufgelesen hatte – unterwegs zur Starbase 3. Dort würden sie auf das Schiff umsteigen, das sie nach Hause bringen würde, zur Erde, zur Akademie.

»Hoffentlich bringt Sie das nicht allzusehr aus der Fassung«, sagte Taggert und kratzte seinen weiß gesprenkelten Bart. »Aber Sie scheinen es völlig verpaßt zu haben.«

Worf runzelte die Stirn und sah die anderen an. Er sprach für sie alle, als er sagte: »Was verpaßt, Sir?«

»Den sogenannten Krieg zwischen der Föderation und den Brikar. Es hat in den letzten Wochen ein paar kleinere Scharmützel gegeben. Aber unter dem Strich zählt nur, daß die Große Allianz, die die Brikar zu schmieden geglaubt hatten – eine Allianz aus verschiedenen Spezies, die der Föderation feindlich gesonnen sind –, mehr oder weniger auseinandergebrochen ist.«

»Warum überrascht mich das nicht?« murmelte Zak Kebron. »Ich könnten Ihnen Geschichten über die Narren erzählen, die unsere Regierung bilden, daß Ihnen die Haare zu Berge stehen.«

»Das will ich gar nicht bezweifeln, Mr. Kebron.

Auf jeden Fall haben die Brikar sich mit der Föderation in Verbindung gesetzt, um die Differenzen mit ›friedlichen‹ Mitteln auszuräumen. Wir haben Gespräche vereinbart, werden sie aber mit der gebotenen Vorsicht aufnehmen. Die Brikar behaupten jedoch, sie hätten uns für verschiedene Zugeständnisse so einiges anzubieten.«

»Was haben sie denn anzubieten, Sir?« fragte Worf.

»Gefangene«, sagte Taggert. »Zahlreiche unschuldige Personen, die zu anderen Zielen unterwegs waren und von Schiffen der Brikar festgenommen wurden.«

Die Kadetten und die Klingonen sahen einander an und waren augenblicklich im Bilde. »Die Kolonisten«, sagte Soleta.

»Und Professor Trump«, fügte Tania hinzu und bezog sich damit auf den verletzten Starfleet-Dozenten, der den Planeten mit den anderen verlassen hatte.

»Genau«, sagte Taggert. »Unser Geheimdienst berichtet, daß alle bei guter Gesundheit sind. Die Brikar wissen ganz genau, daß tote Gefangene für sie nicht von Wert sind. Wir dürften keine oder nur geringe Schwierigkeiten haben, ihre Freilassung zu erreichen. Und wenn man bedenkt, daß wir – dank Ihnen – zahlreiche Waffen der Brikar und einen Gefangenen anzubieten haben, können wir bei den anstehenden Gesprächen ganz anders auftreten.«

Einen Augenblick lang herrschte Schweigen, und dann fuhr Taggert fort: »Ich möchte Ihnen mitteilen, daß ich sehr beeindruckt bin, wie Sie die Dinge auf Dantar IV gehandhabt haben. Sehr beeindruckt. Ich werde diese Leistung sowohl an der Akademie als auch im Klingonischen Imperium lobend erwähnen. Sie haben Ihre Pflicht bewundernswert erfüllt und eine Belobigung verdient.« Er breitete die Hände aus. »Das wäre alles. Wegtreten.«

Dann erklang eine Stimme aus Taggerts Kommunikator. »Captain, hier spricht Chafin. Der klingonische Kreuzer *Azetbur* nähert sich mit Impulsgeschwindigkeit. Der Captain hat uns mitgeteilt, daß sie die klingonischen Kadetten abholen sollen.«

»Bestätigt.« Er wandte sich den jungen Klingonen zu. »Holen Sie Ihre Sachen und begeben Sie sich zum Transporterraum. Ich möchte die *Azetbur* nicht warten lassen.«

K'Ehleyr nickte und sah die Starfleet-Kadetten an. Es wäre der Augenblick für eine leidenschaftliche Rede gewesen, oder vielleicht für eine Danksagung und Bestätigung, wie gut sie zusammengearbeitet hatten.

»Leben Sie wohl«, sagte K'Ehleyr.

Sie erhoben sich gleichzeitig und verließen den Raum.

Die Kadetten sahen einander an.

Worf blieb reglos sitzen. Es gab so viel, was er K'Ehleyr sagen wollte, aber er wußte nicht, wie er anfangen oder ob er es überhaupt sagen sollte.

Dann merkte er, daß Tania ihn nachdenklich musterte, als hätte sie seine Gedanken gelesen.

Welche Gefühle und Gedanken auch immer sie aufwühlen mochten, sie entschloß sich, sie für sich zu behalten. Statt dessen legte sie ihm eine Hand auf die Schulter. »Geh ihr nach, du Narr«, sagte sie.

Die Klingonen betraten den Transporterraum, als K'Ehleyr eine vertraute Stimme hörte, die ihren Namen rief. Gowr und Kodash, die bereits auf der Schwelle standen, blieben stehen. K'Ehleyr bedeutete ihnen weiterzugehen und drehte sich dann zu Worf um.

Er stand einen Augenblick lang da und wußte noch immer nicht genau, was er sagen sollte.

»Also ... was ist dein nächster Auftrag?« fragte er schließlich.

Sie schaute etwas zurückhaltend drein. »Ich habe bereits beantragt, dem Diplomatenteam zugeteilt zu werden, das die Gespräche zwischen der Föderation und den Brikar leitet.«

»Du? Eine Diplomatin?«

Sie kniff die Augen zusammen, doch in ihrem Blick lag Erheiterung. »Bin ich nicht die Seele der Diplomatie?«

»Du bist eine Naturgewalt, K'Ehleyr. Man kann dich nicht aufhalten. Wenn du dich für die Diplomatie entschieden hast, bezweifle ich nicht, daß du jedem, der nicht mit dir übereinstimmt, deine Auffassung von Diplomatie in den Hals stopfen wirst, bis er daran erstickt.«

Sie lachte. Dann schaute sie plötzlich ganz ernst drein. »Worf, komm mit uns«, sagte sie.

Er runzelte fragend die Stirn.

»Du gehörst nicht zu ihnen«, bedrängte sie ihn. »Du bist Klingone. Du bist einer von uns. Daß du versuchst, dich ihrer Welt anzupassen, ist die reinste Verschwendung. Bei ihnen wirst du immer ein Außenseiter sein. Aber bei uns ...«

»Wäre ich nur ein Klingone unter vielen.«

»Niemals«, sagte sie mit leiser Stimme. »Das

Klingonische Imperium hätte dir viel zu bieten. Und ich …«

Sie führte den Satz nicht zu Ende. Einen Augenblick lang wirkte sie tatsächlich schüchtern, doch dann rang sie die Schwäche nieder und drückte es anders aus. »Es ist noch nicht zu spät«, sagte sie.

Er seufzte tief und bedauernd, aber mit Überzeugung. »Ich habe einen bestimmten Weg eingeschlagen, K'Ehleyr. Ich muß diesen Weg durchstehen.«

»Du hast keine Zweifel?«

»Ich werde immer Zweifel haben«, sagte er. »Aber ich werde sie auch immer überwinden.«

Sie betrachtete ihn. »Vielleicht bist du in dieser Hinsicht ein echter Klingone«, sagte sie.

Sie drehte sich um und ging zum Transporterraum, doch Worf legte eine Hand auf ihre Schulter und hielt sie fest. Sie schaute die Hand an und dann ihn.

Aber Welten standen zwischen ihnen.

»Ein gutes Leben, K'Ehleyr«, sagte er. »Biete deinen Feinden kühn die Stirn. Ich wünsche dir einen ehrenvollen Tod. Ich vermute, wir werden uns nicht wiedersehen.«

»Ein gutes Leben, Worf«, erwiderte sie. »Biete deinen Feinden kühn die Stirn. Ich wünsche dir einen ehrenvollen Tod.« Sie hielt inne und fügte dann lächelnd hinzu: »Und ich vermute – du irrst dich.«

Sie griff in ihren Rucksack, zog eine kleine Statue hervor und gab sie Worf. Er erkannte sie sofort. Sie stellte Kahless den Unvergeßlichen beim Kampf gegen Morath dar.

»Sieh sie dir jedesmal an, wenn du zu vergessen drohst, wer du bist.«

Und dann war sie fort.

Worf blieb mit unbewegtem Gesicht vor dem Transporterraum stehen, bis das schrille Geräusch der Transporterstrahlen verklungen war.

Dann ging er langsam davon, die Statue an sich gedrückt, um die Gesellschaft der anderen Kadetten der Starfleet-Akademie zu suchen.

STAR TREK™

in der Reihe
HEYNE SCIENCE FICTION & FANTASY

STAR TREK: CLASSIC SERIE

Vonda N. McIntyre, Star Trek II: Der Zorn des Khan · 06/3971
Vonda N. McIntyre, Der Entropie-Effekt · 06/3988
Robert E. Vardeman, Das Klingonen-Gambit · 06/4035
Lee Correy, Hort des Lebens · 06/4083
Vonda N. McIntyre, Star Trek III: Auf der Suche nach Mr. Spock · 06/4181
S. M. Murdock, Das Netz der Romulaner · 06/4209
Sonni Cooper, Schwarzes Feuer · 06/4270
Robert E. Vardeman, Meuterei auf der Enterprise · 06/4285
Howard Weinstein, Die Macht der Krone · 06/4342
Sondra Marshak & Myrna Culbreath, Das Prometheus-Projekt · 06/4379
Sondra Marshak & Myrna Culbreath, Tödliches Dreieck · 06/4411
A. C. Crispin, Sohn der Vergangenheit · 06/4431
Diane Duane, Der verwundete Himmel · 06/4458
David Dvorkin, Die Trellisane-Konfrontation · 06/4474
Vonda N. McIntyre, Star Trek IV: Zurück in die Gegenwart · 06/4486
Greg Bear, Corona · 06/4499
John M. Ford, Der letzte Schachzug · 06/4528
Diane Duane, Der Feind – mein Verbündeter · 06/4535
Melinda Snodgrass, Die Tränen der Sänger · 06/4551
Jean Lorrah, Mord an der Vulkan Akademie · 06/4568
Janet Kagan, Uhuras Lied · 06/4605
Laurence Yep, Herr der Schatten · 06/4627
Barbara Hambly, Ishmael · 06/4662
J. M. Dillard, Star Trek V: Am Rande des Universums · 06/4682
Della van Hise, Zeit zu töten · 06/4698
Margaret Wander Bonanno, Geiseln für den Frieden · 06/4724
Majliss Larson, Das Faustpfand der Klingonen · 06/4741
J. M. Dillard, Bewußtseinsschatten · 06/4762
Brad Ferguson, Krise auf Centaurus · 06/4776
Diane Carey, Das Schlachtschiff · 06/4804
J. M. Dillard, Dämonen · 06/4819
Diane Duane, Spocks Welt · 06/4830
Diane Carey, Der Verräter · 06/4848
Gene DeWeese, Zwischen den Fronten · 06/4862
J. M. Dillard, Die verlorenen Jahre · 06/4869
Howard Weinstein, Akkalla · 06/4879
Carmen Carter, McCoys Träume · 06/4898
Diane Duane & Peter Norwood, Die Romulaner · 06/4907
John M. Ford, Was kostet dieser Planet? · 06/4922
J. M. Dillard, Blutdurst · 06/4929

STAR TREK™

Gene Roddenberry, Star Trek (I): Der Film · 06/4942
J. M. Dillard, Star Trek VI: Das unentdeckte Land · 06/4943
David Dvorkin, Die Zeitfalle · 06/4996
Barbara Paul, Das Drei-Minuten-Universum · 06/5005
Judith & Garfield Reeves-Stevens, Das Zentralgehirn · 06/5015
Gene DeWeese, Nexus · 06/5019
D. C. Fontana, Vulkans Ruhm · 06/5043
Judith & Garfield Reeves-Stevens, Die erste Direktive · 06/5051
Michael Jan Friedman, Das Doppelgänger-Komplott · 06/5067
Judy Klass, Der Boacozwischenfall · 06/5086
Julia Ecklar, Kobayashi Maru · 06/5103
Peter Morwood, Angriff auf Dekkanar · 06/5147
Carolyn Clowes, Das Pandora-Prinzip · 06/5167
Diana Duane, Die Befehle des Doktors · 06/5247
V. E. Mitchell, Der unsichtbare Gegner · 06/5248
Dana Kramer-Rolls, Der Prüfstein ihrer Vergangenheit · 06/5273
Michael Jan Friedman, Schatten auf der Sonne · 06/5179 (in Vorb.)
Barbara Hambly, Der Kampf ums nackte Überleben · 06/5334 (in Vorb.)
Brad Ferguson, Eine Flagge voller Sterne · 06/5349 (in Vorb.)

STAR TREK: DIE NÄCHSTE GENERATION
David Gerrold, Mission Farpoint · 06/4589
Gene DeWeese, Die Friedenswächter · 06/4646
Carmen Carter, Die Kinder von Hamlin · 06/4685
Jean Lorrah, Überlebende · 06/4705
Peter David, Planet der Waffen · 06/4733
Diane Carey, Gespensterschiff · 06/4757
Howard Weinstein, Macht Hunger · 06/4771
John Vornholt, Masken · 06/4787
David & Daniel Dvorkin, Die Ehre des Captain · 06/4793
Michael Jan Friedman, Ein Ruf in die Dunkelheit · 06/4814
Peter David, Eine Hölle namens Paradies · 06/4837
Jean Lorrah, Metamorphose · 06/4856
Keith Sharee, Gullivers Flüchtlinge · 06/4889
Carmen Carter u. a., Planet des Untergangs · 06/4899
A. C. Crispin, Die Augen der Betrachter · 06/4914
Howard Weinstein, Im Exil · 06/4937
Michael Jan Friedman, Das verschwundene Juwel · 06/4958
John Vornholt, Kontamination · 06/4986
Mel Gilden, Baldwins Entdeckungen · 06/5024
Peter David, Vendetta · 06/5057
Peter David, Eine Lektion in Liebe · 06/5077
Howard Weinstein, Die Macht der Former · 06/5096
Michael Jan Friedman, Wieder vereint · 06/5142

STAR TREK™

T. L. Mancour, Spartacus · 06/5158
Bill McCay/Eloise Flood, Ketten der Gewalt · 06/5242
V. E. Mitchell, Die Jarada · 06/5279
John Vornholt, Kriegstrommeln · 06/5312
Laurell K. Hamilton, Nacht über Oriana · 06/5342 (in Vorb.)
David Bischoff, Die Epidemie · 06/5356

STAR TREK: DIE ANFÄNGE
Vonda N. McIntyre, Die erste Mission · 06/4619
Margaret Wander Bonanno, Fremde vom Himmel · 06/4669
Diane Carey, Die letzte Grenze · 06/4714

STAR TREK: DEEP SPACE NINE
J. M. Dillard, Botschafter · 06/5115
Peter David, Die Belagerung · 06/5129
K. W. Jeter, Die Station der Cardassianer · 06/5130
Sandy Schofield, Das große Spiel · 06/5187
Lois Tilton, Verrat · 06/5323

DAS STAR TREK-UNIVERSUM, 2 Bde.,
überarbeitete und aktualisierte Neuausgabe!
von *Ralph Sander* · 06/5150

William Shatner/Chris Kreski, Star Trek Erinnerungen · 06/5188

Phil Farrand, Cap'n Beckmessers Führer durch
STAR TREK – DIE NÄCHSTE GENERATION · 06/5199

STARFLEET KADETTEN
John Vornholt, Star Trek Generationen · 06/6501
Peter David, Worfs erstes Abenteuer · 06/6502
Peter David, Mission auf Dantar · 06/6503
Peter David, Überleben · 06/6504 (in Vorb.)
Brad Strickland, Das Sternengespenst · 06/6505 (in Vorb.)
Brad Strickland, In den Wüsten von Bajor · 06/6506 (in Vorb.)
John Peel, Freiheitskämpfer · 06/6507 (in Vorb.)
Mel Gilden & Ted Pedersen, Das Schoßtierchen · 06/6508 (in Vorb.)
John Vornholt, Erobert die Flagge · 06/6509 (in Vorb.)
V. E. Mitchell, Die Atlantis Station · 06/6510 (in Vorb.)
Michael Jan Friedman, Die verschwundene Besatzung · 06/6511 (in Vorb.)

Diese Liste ist eine Bibliographie erschienener Titel
KEIN VERZEICHNIS LIEFERBARER BÜCHER!